Jacques Cazotte

Der verliebte Teufel

(Le Diable amoureux)

Jacques Cazotte: Der verliebte Teufel. (Le Diable amoureux)

Berliner Ausgabe, 2014, 3. Auflage
Vollständiger, durchgesehener Neusatz bearbeitet und eingerichtet von Michael Holzinger

Erstdruck: Paris; Napoli 1772. Druck der ersten deutschen Übersetzung von Georg Schatz in »Moralisch-komische Erzählungen« Bd. 3, Leipzig (o.O.) 1790.

Textgrundlage ist die Ausgabe:
Jacques Cazotte: Der verliebte Teufel. Eine spanische Novelle, in: Der verliebte Teufel und der Lord aus dem Stegreife. Aus dem Franz. übers. von Eduard von Bülow, Leipzig: 1838, S. 1–86 [Mikrofiche-Ausg., München [u.a.]: Saur, 1994 (Bibliothek der deutschen Literatur)].

Herausgeber der Reihe: Michael Holzinger
Reihengestaltung: Viktor Harvion
Umschlaggestaltung unter Verwendung des Bildes:
Isabey, Jean-Baptiste: Feine Sitten: Unterricht im Teufelsspiel (Diabolo) oder der sanfte Teufel

Gesetzt aus Minion Pro, 10 pt

ISBN 978-1482371345

Der verliebte Teufel

Spanische Novelle

(Le Diable amoureux)

Ich war, fünfundzwanzig Jahre alt, Hauptmann in der Garde des Königs von Neapel: wir lebten unter einander wie gute Kameraden und wie junge Leute, das heißt mit Weibern und vom Spiel, so lange das Geld ausreichte und philosophirten in unsern Quartieren, wenn wir nichts Besseres mehr zu thun wußten.

Eines Abends, als wir uns bei einer kleinen Flasche Cyperwein und gerösteten Maronen über allerlei Dinge müde geplaudert hatten, fiel das Gespräch auf die Cabbala und Cabbalisten.

Einer behauptete, sie sei in der That eine in ihrem Verfahren sicher begründete Wissenschaft; vier der Jüngsten warfen dagegen ein, daß sie eine Anhäufung von Albernheiten, eine Quelle von Spitzbübereien und nur dazu da sei, leichtgläubige Leute zu bethören und Kinder zu vergnügen.

Der Älteste von uns, ein geborener Flamänder, rauchte, zerstreut aussehend, seine Pfeife und sprach kein Wort. Seine Kälte und sein unachtsames Wesen fielen mir mitten in dem mißtönenden Gelärm, das uns betäubte, auf und verhinderten mich, an einer Unterhaltung Theil zu nehmen, die zu wenig geregelt war, um mich anzuziehen. Wir befanden uns im Zimmer des Rauchers, die Nacht rückte vor, man ging auseinander, wir Beide blieben allein zurück, mein älterer Kamerad und ich.

Er rauchte kaltblütig weiter, ich blieb stumm, die Elbogen auf den Tisch gestemmt, sitzen, am Ende brach mein Mann das Stillschweigen.

Junger Mensch! sagte er: Sie haben da viel Geschrei mit angehört: warum haben Sie an dem Streite keinen Theil genommen?

Ich schweige lieber still, antwortete ich, als daß ich einer Sache beistimme oder widerspreche, die mir unbekannt ist: ich weiß nicht einmal, was das Wort Cabbala besagen will.

Es hat verschiedene Bedeutungen, sprach er: aber darauf kommt nichts an, es handelt sich hier um die Sache selbst. Glauben Sie, daß eine Wissenschaft bestehen kann, die Metalle verwandeln und Geister unter unsere Botmäßigkeit bringen lehrt? …

Ich weiß nichts von Geistern, nicht einmal was von meinem eigenen, außer daß ich seines Daseins gewiß bin. Was die Metalle anlangt, so weiß ich, wieviel ein Karolin im Spiele, im Wirthshause und anderswo gilt; aber ihres verschiedenartigen Wesens, der Einwirkungen und Gestaltungen wegen, die ihm zulässig, mag ich weder Etwas bejahen noch verneinen.

Mein junger Kriegskamerad! ich sehe Ihre Unwissenheit sehr gern, sie wiegt der Andern Wissen auf: Sie sind wenigstens in keinem Irrthume befangen, und wenn auch nicht unterrichtet, doch fähig, es zu werden.

Ihre Natur, die Freimüthigkeit Ihres Charakters und die Geradheit Ihres Sinnes gefallen mir. Ich weiß etwas mehr als gewöhnliche Menschen: sichern Sie mir mit Ihrem Ehrenworte das strengste Geheimniß zu, versprechen Sie mir, sich klug zu betragen, und Sie sollen mein Schüler sein.

Die Eröffnung, die Sie mir machen, mein lieber Soberano, ist mir angenehm. Die Neugier ist meine stärkste Leidenschaft. Ich gestehe Ihnen, ich trage kein eifriges Verlangen nach alltäglichen Kenntnissen, sie sind mir immer zu beschränkt vorgekommen, und ich habe die höhere Sphäre, zu der Sie mir beistehen wollen einzugehen, geahnet: welches aber ist der erste Schlüssel zu der Wissenschaft, die Sie nannten? Nach dem was unsere Kameraden in ihrem Streite äußerten, sind es die Geister selbst, die uns belehren: kann man in Verbindung mit ihnen treten?

Sie haben es getroffen, Alvaro: von sich selbst lernt man nichts; daß eine Verbindung mit ihnen uns möglich ist, davon will ich Ihnen einen unwiderleglichen Beweis geben.

Indem er dies gesprochen und seine Pfeife ausgeraucht hatte, klopft er damit dreimal an, um die wenige Asche auszuschütten, die darin war, legt sie dicht neben mir auf den Tisch und sagt mit erhobener Stimme: Calderon, hol meine Pfeife, stopfe sie und zünde sie mir an, und bring sie wieder!

Er hatte kaum den Befehl gegeben, so sehe ich die Pfeife verschwinden, und ich hatte noch nicht über seine Macht nachdenken oder fragen können, wer der Calderon sei, dem er seinen Auftrag ertheilt, so war schon die brennende Pfeife wieder da, und hatte mein Kamerad seine Beschäftigung damit von Neuem aufgenommen.

Er fuhr darin eine Weile fort, weniger um den Tabak zu schmecken, als um sich an dem Erstaunen zu weiden, das er mir erregte; sodann stand er auf und sagte: ich ziehe morgen auf Wache, ich muß ausruhen; gehen Sie schlafen, seien Sie klug, wir werden uns wiedersehen!

Ich verließ ihn, begierig nach den neuen Begriffen dürstend, mit denen ich mir versprach, mich, unter Soberano's Beistande, alsbald zu erfüllen. Ich sah ihn des andern Morgens, die folgenden Tage, ich hatte keine andere Leidenschaft mehr, ich ward sein Schatten.

Ich stellte ihm tausend Fragen; er wich den einen aus und beantwortete die andern wie ein Orakel. Zuletzt setzte ich ihm wegen der Religion seines Gleichen zu. Sie ist die natürliche, antwortete er. Wir gingen auf Einzelheiten näher ein: seine Aussprüche stimmten mehr mit meinen Neigungen als mit meinen Grundsätzen zusammen; aber ich wollte zum Ziele kommen, und durfte ihm nichts in den Weg legen.

Sie gebieten den Geistern, sagte ich zu ihm: ich will wie Sie mit ihnen Gemeinschaft haben: ich will, ich will!

Sie sind hitzig, Kamerad, Sie haben Ihre Probezeit noch nicht überstanden, Sie haben keine der Bedingungen erfüllt, unter denen man furchtlos in diese erhabene Kategorie treten mag …

Brauchte ich denn noch viele Zeit dazu? …

Vielleicht zwei Jahre …

Ich gebe es auf, rief ich: ich würde mittlerweile vor Ungeduld umkommen. Sie sind grausam, Soberano. Sie können sich von dem lebhaften Verlangen, das Sie mir eingeflößt, keine Vorstellung machen. Es verzehrt mich …

Junger Mann, ich traute Ihnen mehr Klugheit zu, Sie machen, daß ich Ihret- und meinetwegen zittere. Was! Sie wollten sich dem aussetzen, ohne irgend eine Vorbereitung, Geister zu beschwören?

Nun, was könnte mir wol darüber zustoßen? …

Ich sage nicht, daß durchaus ein Unglück Sie darum betreffen müßte; haben sie Gewalt über uns, so ist es unsere Schwäche, unser Kleinmuth, der sie ihnen gibt: im Grunde sind wir geboren, ihnen zu gebieten …

Ha! ich will ihnen gebieten …

Ja, Sie haben Herz genug; aber wenn Sie den Kopf verlieren? Wenn Sie sich davor bis zu einem gewissen Grade entsetzen? …

Kommt es nur darauf an, sie nicht zu fürchten, so fodere ich sie heraus, mich zu schrecken …

Wie! wenn Sie nun den Teufel sähen? …

Ich wollte den großen Höllenteufel bei den Ohren kriegen …

Brav! Sind Sie Ihrer selbst so gewiß, so dürfen Sie sich der Gefahr aussetzen; ich verspreche Ihnen meinen Beistand. Nächsten Freitag Mittag essen Sie mit zwei der Unseren bei mir, da wollen wir die Sache zu Ende bringen.

Wir hatten erst Dienstag; keine Schäferstunde wurde jemals mit solcher Ungeduld erwartet. Endlich kam die Zeit, ich traf bei meinem Kameraden zwei Männer, eben nicht von der einnehmendsten Gesichtsbildung, an; wir speisten. Die Unterhaltung drehte sich um gleichgültige Dinge.

Nach Tische schlug man einen Spaziergang nach den Ruinen von Portici vor. Wir machen uns auf den Weg, wir kommen an. Diese Überreste der ehrwürdigsten, eingesunkenen, zertrümmerten, verstreuten, mit Dornen durchwachsenen Denkmäler erregten meiner Einbildungskraft Ideen, die mir ungewöhnlich waren. Siehe da! sprach ich, die Gewalt der Zeit über die Werke menschlichen Stolzes und Fleißes. Wir schritten unter den Ruinen vor, und gelangten endlich, beinahe im Finstern tappend, über Trümmer hinweg, an einen düstern Ort, wohinein nicht das mindeste Licht von Außen dringen konnte.

Mein Kamerad führte mich am Arme; er hörte auf zu gehen, ich stand still. Nunmehr schlägt einer von der Gesellschaft Feuer und zündet eine Kerze an. Der Raum, in dem wir uns befinden, erhellt sich, obwol schwach, und ich entdecke, daß wir unter einem ziemlich wohlerhaltenen etwa fünfundzwanzig Fuß ins Gevierte weiten Gewölbe sind. Wir beobachten das tiefste Stillschweigen. Mein Kamerad beschreibt mit einem Rohre, auf das er sich im Gehen gestützt hatte, rings um sich einen Kreis in den Sand, der den Fußboden bedeckt, und geht hinaus, nachdem er einige Charaktere hinzugezeichnet. Begeben Sie sich unter dieses Zaubersiegel, junger Degen! sagte er zu mir, und treten Sie nicht eher als bei guten Anzeichen wieder hervor …

Erklären Sie sich deutlicher, bei was für Anzeichen ich den Kreis verlassen darf? …

Sobald Alles Ihnen unterworfen sein wird; vor der Zeit könnten Sie die größte Gefahr laufen, wenn Ihr Schrecken Sie einen Fehltritt thun ließe.

Hierauf gibt er mir einen kurzen, eindringlichen, mit einigen Worten untermischten Bannspruch, die mir immer unvergeßlich bleiben werden. Sagen Sie diese Beschwörung mit Festigkeit her, sprach er, rufen Sie alsdann dreimal laut Beelzebub, und vergessen Sie besonders nicht, was Sie versprochen haben zu thun.

Ich erinnerte mich, daß ich mich gerühmt hatte, ihn bei den Ohren zu kriegen. Ich werde Wort halten, sprach ich, weil ich mich nicht wollte Lügen strafen lassen. Wir wünschen Ihnen den besten Erfolg, sagte er, Sie werden uns zu wissen thun, wann Sie fertig sind. Sie befinden sich der Thüre gerade gegenüber, die Sie wieder zu uns führt. Sie entfernten sich.

Kein Prahler konnte jemals in einer ärgeren Klemme sein: ich war drauf und dran, sie zurückzurufen; aber ich hätte mich zu sehr schämen und überdies auf alle meine Hoffnungen verzichten müssen. Ich hielt Stand und besann mich einen Augenblick. Man hat mich einschüchtern wollen, sprach ich, man will sehen, ob ich kleinmüthig bin. Meine Versucher sind nur zwei Schritte weit von mir, und in Folge meiner Beschwörung habe ich zu erwarten, daß sie irgend Etwas vornehmen werden, mir Furcht einzujagen. Muth gefaßt, damit die albernen Spaßmacher selbst der Spott betrifft!

Diese Berathschlagung währte nicht lange, wurde aber dennoch ein wenig durch das Geschrei der Nachteulen und Fledermäuse gestört, die in der Umgebung und im Innern der Höhle selbst hausten.

Durch mein Nachdenken wieder in etwas beruhigt, fasse ich meinen Muth zusammen, ich stelle mich fest, ich spreche die Beschwörung mit heller, sicherer Stimme und rufe dreimal, rasch nach einander, mit erhöhtem Tone: Beelzebub!

Ein Schauder durchrieselte alle meine Adern und meine Haare sträubten sich mir auf dem Kopfe empor. Kaum hatte ich geendigt, so schlagen mir gegenüber, in der Wölbung oben beide Flügel eines Fensters weit auseinander: ein Lichtstrom, blendender als Tageslicht, bricht durch die Öffnung herein: ein Kameelkopf, eben so widerlich dick, wie scheußlich gestaltet, insonderheit mit unmäßig großen Ohren, erscheint am Fenster. Das gräßliche Gespenst sperrt den Rachen auf und erwidert mir mit einer seiner sonstigen Erscheinung entsprechenden Stimme: *Che vuoi?*

Alle Kellergewölbe, alle Höhlungen rings umher wetteiferten, dies entsetzliche *Che vuoi?* widerzuhallen.

Ich wüßte meine Lage nicht zu schildern, ich wüßte nicht zu sagen, was mir den Muth aufrecht erhielt und mich verhinderte, beim Anblick dieses Bildes, bei dem noch furchtbareren Getöse, das an mein Ohr schlug, ohnmächtig zu Boden zu stürzen.

Ich empfand die Nothwendigkeit, alle meine Kraft zusammenzufassen: ein kalter Angstschweiß drohte sie zu vernichten: ich that mein Äußerstes. Unsere Seele muß wol sehr groß sein und eine ungeheure Schwungkraft haben! Eine Masse von Gefühlen, Gedanken, Betrachtungen wurden in meinem Herzen rege, gingen durch meinen Geist, machten sich alle auf einmal in mir geltend. Die Umwälzung geschah, ich bemeisterte mein Entsetzen. Ich schaue das Gespenst unerschrocken an.

Was verlangst Du selbst, Vermessener, indem Du mir in solch verabscheuungswürdiger Gestalt sichtbar wirst?

Das Trugbild zaudert einen Moment. Du hast nach mir verlangt, spricht es mit minder lauter Stimme ...

Darf der Sclave sich vermessen, frage ich, seinen Gebieter zu schrecken? Kommst Du, meine Befehle zu empfangen, so nimm eine schickliche Bildung und einen unterwürfigen Ton an.

Meister! redete mich das Gespenst wieder an: in welcher Gestalt soll ich mich Dir zeigen, um Dir angenehm zu sein?

Die erste Vorstellung, die sich mir darbot, war die eines Hundes und ich sagte daher: Komm als ein Wachtelhund. Ich hatte nicht sobald den Befehl ertheilt, so dehnte das fürchterliche Kameel den Hals bis zu einer Länge von sechzehn Schuh aus, neigte den Kopf bis zur Mitte des Saals hernieder und warf einen kleinen weißen Wachtelhund mit feinen glänzenden Haaren und schleppenden Ohren aus.

Das Fenster hatte sich wieder geschlossen, jede andere Vision war verschwunden, und es verblieb in dem nicht mehr als nöthig erleuchteten Gewölbe nur der Hund und ich.

Er lief mit dem Schwanze wedelnd rings um den Kreis herum und machte Bogensprünge. Meister, sagte er zu mir, ich möchte Euch gern die Fußspitzen lecken; aber der furchtbare Cirkel, der Euch umgiebt, stößt mich zurück.

Mein Vertrauen hatte sich bis zur Verwegenheit gesteigert. Ich trete aus dem Kreise, halte den Fuß hin, der Hund leckt ihn; ich mache eine Bewegung, ihn bei den Ohren zu kriegen, er legt sich auf den Rücken, gleich als ob er um Gnade bäte, ich sehe, daß er weiblichen Geschlechts ist. Stehe auf, sage ich, ich verzeihe Dir: Du siehst, daß ich in Gesellschaft bin, die Herren warten unweit von hier; sie werden müde vom Gehen sein, ich will ihnen einen Imbiß vorsetzen; einen Nachtisch, eingemachte Früchte, Eis, griechischen Wein, Alles wohlangeordnet, der Raum muß nicht prunkhaft aber anständig ausgeschmückt und erleuchtet sein. Gegen das Ende des Mahls erscheinst Du als ausgezeichneter Virtuose, mit einer Harfe: ich werde Dir ein Zeichen geben, wann. Daß Du mir aber Deine

Rolle gut spielst, in Deinen Gesang Ausdruck legst und mit sittsamem Anstande auftrittst!

Ich werde gehorchen, Meister; aber unter was für Bedingungen? …

Unter denen, gehorsam zu sein, Sclave! Sei folgsam, muckse nicht, oder …

Ihr kennt mich nicht, Meister, sonst würdet Ihr nicht so barsch mit mir umgehen. Ich werde mir nur die einzige Bedingung vorbehalten, Euch zu besänftigen und zu gefallen.

Der Hund hatte kaum ausgeredet, so sehe ich, im Umwenden, schneller als wie in der Oper eine Decoration sich hereinschiebt meine Befehle vollzogen werden. Die zuvor schwärzlichen, feuchten, moosbedeckten Mauern des Gewölbes nahmen eine anmuthigere Färbung und Gestaltung an, es wurde ein Saal von jaspirtem Marmor, ein von Säulen getragenes Bogengewölbe. Acht krystallene Armleuchter, ein jeder mit drei Kerzen, strömten darin eine lebhafte, gleichmäßig vertheilte Hellung aus.

Einen Augenblick später ordneten sich Speise- und Schenktisch an und wurden mit allen Bestandtheilen unseres Mahles besetzt. Früchte und Confect waren das köstlichste und schmackhafteste und vom besten Ansehen. Das Geschirr, auf dem gespeist und servirt werden sollte, war japanisches Porzellan. Das kleine Hündchen lief tausendmal im Saale hin und wieder, machte tausend Sprünge um mich herum, wie um die Arbeit zu beschleunigen und mich zu befragen, ob ich zufrieden sei?

Ganz gut, Biondetta, sagte ich zu ihm, zieh Du nun Liverei an und thue den Herren nebenan zu wissen, daß ich sie mit einem kleinen Imbiß erwarte.

Kaum daß ich einen Moment die Augen verwendet, so sehe ich einen zierlich in meine Farben gekleideten Pagen mit brennender Fackel in der Hand hinausgehen, der bald darauf meinen Kameraden, den Flamänder, und seine beiden Freunde hereinführt.

Auf etwas Außerordentliches zwar schon in Folge der Ankunft und Einladung des Pagen gefaßt, versahen sie sich doch der Veränderung nicht, die mit dem Orte, worin sie mich verlassen hatten, vorgegangen war. Hätte ich nicht den Kopf voll gehabt, so würde mich ihr Erstaunen mehr ergötzt haben; es machte sich in einem Schrei Luft und verkündigte sich durch die Bewegung in ihren Gesichtszügen und durch ihre Geberden.

Meine Herren, sagte ich, Sie haben meinetwegen einen weiten Weg gemacht, und wir haben ebenso lange nach Neapel zurückzugehen. Ich habe deshalb gemeint, diese kleine Erfrischung dürfte Ihnen nicht unerwünscht kommen, und im Betreff dessen, daß die Auswahl nicht sorgfältiger und reicher, mir der Umstand Ihre Nachsicht verdienen, daß sie aus dem Stegreife getroffen ward.

Mein ungezwungenes Betragen brachte sie noch mehr als der veränderte Schauplatz und der Anblick des leckern Imbisses, zu dem sie sich eingeladen sahen, außer Fassung. Ich versah mich dessen und beschloß ein Abenteuer, dem ich innerlich mißtraute, bald zu beendigen. Ich wollte mich herausziehen, so gut ich konnte, und sogar noch heiterer scheinen als ich von Natur war.

Ich nöthigte sie, an der Tafel Platz zu nehmen und der Page rückte mit bewundernswürdiger Geschwindigkeit Stühle zurecht. Wir hatten uns gesetzt, ich hatte die Gläser gefüllt, Früchte herumgegeben, mein Mund allein bewegte sich zu sprechen und zu essen, die der Andern blieben starr offen stehen. Nichts desto weniger munterte ich sie auf, die Früchte anzuschneiden: meine Zuversicht bestimmte sie: ich brachte die Gesundheit des schönsten Mädchens von Neapel aus; wir tranken darauf. Ich erzähle von einer neuen Oper, von einer kürzlich angekommenen römischen Improvisatrice, deren Talente bei Hofe Aufsehen machen, ich komme auf die schönen Künste, auf Musik und Bildhauerei zu sprechen und ergreife die Gelegenheit, die Schönheit einiger Bildwerke von Marmor, die den Saal schmückten, gegen sie geltend zu machen. Eine Flasche wird geleert und durch eine volle bessere ersetzt. Der Page vervielfältigt sich und vernachlässigt seinen Dienst keinen Augenblick. Ich richte einen verstohlenen Blick auf ihn. Man stelle sich den Liebesgott im Pagenkleide vor. Die Mitgenossen meines Abenteuers schielten ihn auch ihrerseits mit Mienen an, in denen sich Erstaunen, Lust und Unruhe spiegelten. Das Eintönige dieser Stimmung mißfiel mir; ich fühlte, es sei an der Zeit, ihr ein Ziel zu setzen. Biondetto, sagte ich zum Pagen, die Signora Fiorentina hat mir versprochen, mir ein paar Augenblicke zu widmen; sich zu, ob sie noch nicht angekommen ist. Biondetto verließ das Gemach. Meine Gäste hatten noch nicht dazu kommen können, über das Seltsame dieses Auftrags zu erstaunen, als eine Thür des Salons aufgeht und Fiorentina mit ihrer Harfe hereintritt. Sie trug ein elegantes aber züchtiges Negligé, einen Reisehut und einen sehr leichten Flor vor den Augen. Sie stellte ihre Harfe neben sich und grüßte mit Leichtigkeit und Anmuth. Gnädiger Herr Don Alvaro, sagte sie, man hat mich nicht benachrichtigt, daß Sie Gesellschaft haben, ich würde sonst nicht in diesem Anzuge erschienen sein. Die Herren werden eine Reisende gütigst entschuldigen.

Sie läßt sich nieder und wir bieten ihr Einer um den Andern die Überbleibsel unseres kleinen Festmahls an, von denen sie aus Artigkeit Etwas zulangt. Wie, Signora! rede ich sie an: Sie gehen nur durch Neapel durch? Man sollte Sie da nicht festhalten?

Ein älteres Engagement zwingt mich dazu, gnädiger Herr. Man hatte letzten Karneval in Venedig viel Güte für mich; man nahm mir das Versprechen ab, zurückzukehren, und ich machte mich verbindlich. Ohnedies würde ich weder auf die Vortheile verzichtet haben, die mir hier der Hof bietet, noch auf die Hoffnung, den Beifall des neapolitanischen Adels zu verdienen, der sich durch seinen Geschmack vor dem von ganz Italien auszeichnet.

Die beiden Neapolitaner verbeugen sich in Anerkennung dieses Lobspruches, und sind von der Wahrheit dieser Scene in einem Grade ergriffen, daß sie sich die Augen reiben. Ich drang in die Virtuosin, uns eine

Probe ihrer Kunst zu geben. Sie war heiser, ermüdet, sie fürchtete mit Recht, in unserer Meinung zu sinken. Endlich entschloß sie sich zu einem obligaten Recitativ und einer pathetischen kleinen Arie, die am Ende des dritten Actes der Oper vorkamen, in der sie debütiren sollte.

Sie erfaßt ihre Harfe und präludirt mit einer kleinen vollen länglichen Hand, die ebenso weiß als purpurn und deren nach den Spitzen zu unmerklich gerundete Finger in einen unbegreiflich zierlichen und wohlgeformten Nagel auslaufen: wir staunten insgesamt und wähnten in dem herrlichsten Concert zu sein.

Die Dame singt. Man kann keine schönere Stimme haben und nicht zugleich mehr Seele und Ausdruck hineinlegen; auch wäre es unmöglich, größere Wirkung zu thun, oder weniger zu überladen. Ich war bis in das innerste Herz bewegt und vergaß beinahe, daß ich der Schöpfer des Zaubers war, der mich umfing.

Die Sängerin richtete die zärtlichen Worte und Töne ihres Gesanges an mich. Das Feuer ihrer Blicke drang durch den Schleier hindurch. Es war von einer unbeschreiblichen Innigkeit und Süße: ihre Augen waren mir nicht unbekannt. Ich stellte mir am Ende ihre Gesichtszüge zusammen, so weit sie der Schleier wahrnehmen ließ, ich erkannte in Fiorentina den Schelm Biondetto, dessen zierliche und anmuthvolle Gestalt sich in den weiblichen Kleidern viel mehr als in der Pagentracht hervorhob.

Als die Sängerin aufhörte zu singen, ertheilten wir ihr gerechte Lobsprüche. Ich suchte sie zu bewegen, uns ein munteres Liedchen vorzutragen, um uns Gelegenheit zu geben, die Mannichfaltigkeit ihres Talents zu bewundern. Nein, erwiederte sie, ich würde in der Gemüthsstimmung, in der ich mich befinde, keine Ehre damit einlegen: überdies haben Sie bemerken müssen, welche Anstrengung es mir gekostet hat, Ihnen Folge zu leisten. Meine Stimme hat durch die Reise gelitten, sie ist belegt. Sie wissen, daß ich noch in dieser Nacht abreise. Ein Miethkutscher hat mich hierhergebracht, ich hänge von ihm ab. Ich ersuche Sie, mich gütigst entschuldigen zu wollen und mir zu gestatten, daß ich mich entferne. Bei diesen Worten steht sie auf und will ihre Harfe hinaustragen. Ich nehme sie ihr ab, bringe sie bis zur Thüre, durch die sie hereingetreten war, und kehre zur Gesellschaft zurück.

Ich hatte wollen Heiterkeit verbreitet sehen und bemerke, daß sich Alle Zwang anthun: ich nehme meine Zuflucht zum Cyperwein. Ich hatte ihn köstlich gefunden, er hatte mir Kräfte und Geistesgegenwart wiedergegeben. Ich verdoppelte das Maß, und da die Stunde drängte, so hieß ich meinem Pagen, der seinen Platz hinter meinem Stuhle wieder eingenommen hatte, meinen Wagen vorfahren zu lassen. Biondetto ging augenblicklich hinaus, meine Befehle zu vollziehen.

Sie haben einen Wagen hier? fragte mich Soberano.

Ja, versetzte ich, ich habe ihn nachkommen lassen, weil ich mir dachte, es dürfte Ihnen nicht unlieb sein, auf eine bequemere Weise zurückzukehren, im Fall unsere Partie länger währte.

Ich hatte noch nicht ausgeredet, so tritt der Page mit zwei großen gewandten Lackaien herein, die auf das Prächtigste in meine Liverei gekleidet sind. Gnädiger Herr! spricht Biondetto, der Wagen hat nicht ganz vorfahren können; aber er hält gleich dort hinter den Trümmern, die hier herum verstreut sind.

Wir brechen auf; Biondetto und die Lackaien gehen voran, wir folgen.

Da wir zwischen den zerbrochenen Säulenschaften und -füßen nicht alle vier nebeneinander gehen konnten, so drückte mir Soberano, der sich allein mir zur Seite befand, die Hand. Sie geben uns ein schönes Fest, mein Freund, es wird Ihnen theuer zu stehen kommen.

Freund, entgegnete ich ihm, ich fühle mich hochbeglückt, wenn es Ihnen Vergnügen gemacht hat. Ich rechne es Ihnen für nicht mehr an als es mir kostet.

Wir erreichen den Wagen. Wir finden noch zwei Lakaien, einen Kutscher, einen Postillon und eine so bequemer Equipage, als man sich nur wünschen konnte, zu meiner Verfügung vor. Ich nöthige zum Einsteigen, und wir rollen auf der Straße nach Neapel hin.

Wir beobachteten ein langes Stillschweigen: endlich unterbrach es einer von Soberano's Freunden. Ich will nicht in Ihr Geheimniß dringen, Alvaro; aber Sie müssen sonderbare Verträge eingegangen sein. Es konnte niemals Jemand besser bedient werden als Sie, ich bemühe mich schon vierzig Jahre lang und habe noch nicht das Viertheil der Gefälligkeiten zu Wege gebracht, die man Ihnen an einem Abende erweist, der himmlischsten Vision, die man irgend haben kann, gar zu geschweigen, derweil man unsere Augen noch öfter betrübt, als man daran denkt sie zu ergötzen. Kurz und gut, Sie wissen woran Sie sind. Sie sind jung, in Ihrem Alter hat man zu starke Gelüste, als daß man sich Zeit lassen sollte, viel zu überlegen; man übereilt den Genuß.

Bernardillo, so hieß der Mann, hörte sich selbst gern reden und ließ mir Zeit, meiner Antwort nachzudenken.

Ich weiß nicht, versetzte ich, wodurch ich mir eine besondere Gunst hätte zuziehen können. Ich muthmaße, sie wird nicht lange währen, und es wird dann nur mein Trost sein, sie mit guten Freunden getheilt zu haben. Man sah, daß ich eine gewisse Zurückhaltung annahm, und die Unterhaltung stockte.

Indessen erweckte die Stille mein Nachdenken wieder. Ich hielt mir nochmals vor, was ich gethan und gesehen hatte. Ich verglich Soberano's und Bernardillo's Reden mit einander und erkannte, den ärgsten Fehltritt gethan zu haben, wozu Vorwitz und Vermessenheit meines Gleichen jemals verleiten konnten. Ich war nicht ohne belehrende Unterweisung geblieben. Ich war bis in mein dreizehntes Jahr unter den Augen meines Vaters, Don Bernardo's Maravillas, eines untadeligen Edelmanns, und meiner Mutter, Donna Mencia's, der frömmsten und achtbarsten Frau Estremadura's, erzogen worden. O, meine Mutter, sagte ich, was würdest du von deinem Sohne denken, solltest du ihn gesehen haben und noch sehen! Aber es soll nicht lange so bleiben, das verbreche ich mir.

Unterweilen langte der Wagen in Neapel an. Ich brachte Soberano's Freunde nach Hause. Wir Beide kehrten nach unserm Quartier zurück. Der Glanz unserer Equipage verblendete fast die Wache, an der wir vorüberfuhren; aber die Anmuth Biondetto's, der vorn auf dem Bocke saß, stach Allen, die uns sahen, noch mehr in die Augen.

Der Page schickt Wagen und Dienerschaft hinweg, nimmt einem Lackaien eine Fackel aus den Händen, und leuchtet mir durch die Kaserne nach meinem Zimmer vor. Mein Kammerdiener, der noch mehr als die Andern staunt, wollte den Mund aufthun und mich nach dem neuen Aufzuge, mit dem ich prunkte, fragen. Es ist gut, Carlo, sagte ich zu ihm, in mein Zimmer tretend, ich bedarf Deiner nicht: geh schlafen, ich werde morgen mit Dir reden.

Wir sind in meinem Zimmer allein und Biondetto hat die Thüre hinter mir verschlossen. Ich hatte mich inmitten der Gesellschaft, die ich soeben verlassen und an dem geräuschvollen Orte, den ich durchgehen müssen, nicht so verlegen gefühlt.

Um mit dem Abenteuer fertig zu werden, ging ich einen Augenblick in mich. Ich richtete die Augen auf den Pagen, die seinigen waren zu Boden geschlagen: eine Röthe steigt ihm allmälig zu Gesicht, seine Haltung gibt Verlegenheit und eine nicht geringe Gemüthsbewegung zu erkennen; zuletzt gewinne ich es über mich, ihn anzureden.

Biondetto, Sie haben mich gut bedient, Sie haben in das, was Sie für mich gethan, sogar Anmuth zu legen gewußt; indessen, da Sie sich im Voraus dafür bezahlt gemacht haben, so denke ich, sind wir wett …

Don Alvaro denkt zu edel, um zu glauben, daß er zu dem Preise loskommen könnte …

Haben Sie mehr für mich gethan, als Sie sollten, so muß ich Ihnen das Zuviel herausgeben; aber für baldige Bezahlung kann ich Ihnen nicht stehen. Mein vierteljährlicher Sold ist verzehrt, ich habe Spielschulden, bin im Wirthshause und beim Schneider in Rest …

Sie scherzen zur Unzeit …

Wenn ich im Ernste reden soll, so muß ich Sie zunächst bitten, sich zu entfernen, denn es ist spät und ich bedarf der Ruhe …

Und Sie könnten unhöflich genug sein, mich zu dieser Stunde fortzuschicken? Eine solche Behandlung hätte ich von einem spanischen Cavaliere nicht erwartet. Ihre Freunde wissen, daß ich hierher gekommen bin; Ihre Soldaten, Ihre Leute haben mich gesehen und mein Geschlecht errathen. Wäre ich eine gemeine Dirne, Sie würden einige Rücksichten auf den Wohlstand und auf meine Lage nehmen; aber Ihr Betragen gegen mich ist beschimpfend, schmählich: jedwedes Weib müßte dadurch erniedrigt werden …

Es gefällt Ihnen also jetzt, für eine Frau zu gelten, um sich Schonung zu Theil werden zu sehen? Nun denn, so nehmen Sie die Rücksicht auf sich, Ihren Rückzug durch das Schlüsselloch zu bewerkstelligen, um damit kein Ärgerniß zu geben.

Was! im Ernste, ohne zu wissen, wer ich bin? …

Kann ich darüber in Ungewißheit sein? …

Sie wissen es nicht, sage ich Ihnen, Sie hören nur auf Ihre Vorurtheile; aber wer ich auch immer sei, ich liege mit thränenden Augen zu Ihren Füßen und flehe zu Ihnen als Ihr Schützling. Eine Unbesonnenheit, noch größer als die Ihrige, verzeihlich vielleicht, weil Sie der Anlaß dazu sind, hat mich heute Alles wagen, Alles aufopfern lassen, um Ihnen gehorsam zu sein, mich Ihnen hinzugeben und Ihnen zu folgen. Ich habe die allergrausamsten, unversöhnlichsten Leidenschaften gegen mich empört; es verbleibt mir kein Schutz als der Ihrige, kein Zufluchtsort als Ihr Zimmer: werden Sie mir ihn versperren, Alvaro? Soll es heißen, daß ein spanischer Edler mit dieser Härte, dieser Unwürdigkeit Jemand, der ihm eine fühlende Seele aufgeopfert, einem schwachen, aller andern Hülfe als der seinen entblößten Wesen, mit Einem Worte einer Person meines Geschlechts begegnet sei?

Ich wich zurück, so weit ich konnte, um mich aus der Verlegenheit zu ziehen; aber sie umfaßte meine Knie und rutschte mir auf den ihrigen nach, bis ich gegen die Mauer gedrängt wurde. Stehen Sie auf, sage ich zu ihr, Sie haben mich, ohne es zu wissen, an meinen Schwur gemahnt. Als meine Mutter mir meinen ersten Degen gab, ließ sie mich auf das Stichblatt schwören, mein ganzes Leben lang den Frauen zu dienen und keiner einzigen je unfreundlich zu begegnen. Wenn dem nun heute so ist, wie ich denke …

Wohlan denn, Grausamer, so gestatten Sie mir, gleichviel aus welchem Grunde, in Ihrem Zimmer zu schlafen.

Es mag, Wunders halb und um die Seltsamkeit meines Abenteuers zu krönen, also sein. Nur richten Sie sich dergestalt ein, daß ich von Ihnen weder Etwas höre noch sehe. Beim ersten Worte, bei der ersten Bewegung, die mich beunruhigen könnten, lasse ich den Ton meiner Stimme anschwellen, um Sie meinerseits zu fragen: *Che vuoi?*

Ich drehe ihr den Rücken zu und nähere mich meinem Bette, mich auszuziehen. Soll ich Ihnen helfen? fragt sie …

Nein, ich bin Soldat und bediene mich selbst.

Ich lege mich nieder. Durch die Gaze meiner Bettvorhänge sehe ich den vermeintlichen Pagen in einem Winkel meines Zimmers sich eine abgenutzte Matte zurecht legen, die er in einem Kleiderbehältniß vorgefunden. Er setzt sich darauf, entkleidet sich völlig, hüllt sich in einen meiner Mäntel, der auf einem Sessel lag und löscht das Licht aus. Damit war das Schauspiel für den Augenblick geschlossen; aber es eröffnete sich bald wieder in meinem Bette, wo ich den Schlaf nicht finden konnte.

Es kam mir vor, als ob das Bildniß des Pagen an meinem Betthimmel und dessen vier Säulen befestigt sei; denn ich sah nichts als ihn. Ich bestrebte mich vergeblich, mit diesem entzückenden Gegenstände die Vorstellung des abscheulichen Gespenstes, das ich gesehen, zu verbinden: die erste Erscheinung diente nur dazu, den Reiz der letztem zu erhöhen.

Der melodische Gesang, den ich in dem Gewölbe vernommen, der hinreißende Klang dieser Stimme, diese wie aus dem Herzen hervorgehenden Worte hallten noch in meinem Herzen wieder und erregten in ihm ein wunderbares Grauen.

Ach! Biondetta, sprach ich: wenn du kein phantastisches Wesen, nicht dieses scheußliche Dromedar wärst! Aber von welcher Empfindung lasse ich mich überwältigen? Ich habe mein Entsetzen beherrscht, und so will ich auch diese weit gefährlichere Seelenregung mit der Wurzel ausrotten. Was für Genuß kann ich von ihr erwarten? Wird er nicht immerdar nach seinem Quelle schmecken? Die Gluth ihrer so rührenden, so süßen Blicke ist ein verderbliches Gift. Dieser so wohlgebildete, so schön gefärbte, frische und anscheinend so harmlose Mund thut sich nur um zu lügen auf. Dieses Herz, wenn sie eins hätte, würde nur für Verrath schlagen.

Derweil ich mich den Betrachtungen überließ, die in mir aus den verschiedenartigen Empfindungen hervorgingen, von denen ich beunruhigt wurde, war der Mond an dem wolkenlosen Himmel emporgestiegen und sendete durch drei hohe Fenster seine vollen Strahlen zu mir in das Zimmer. Ich warf mich in meinem Bette gewaltig hin und her: es war nicht neu; das Gestell ging auseinander, und die drei Breter auf dem Boden, die mich trugen, brachen mit Geräusch durch.

Biondetta sprang auf und kam mit einem Tone des Schreckens zu mir gelaufen. Don Alvaro, was für ein Unfall ist Ihnen zugestoßen?

Da ich sie ungeachtet meines Falles nicht aus den Augen verloren hatte, so sah ich sie auf- und mir beispringen: sie trug ein kurzes Pagenhemd und sowie im Gehen das Mondlicht ihre Füße beleuchtete, ward dasselbe im Wiederscheine gleichsam noch heller.

Nicht eben über den schlimmen Zustand meines Lagers betreten, der mich nur dem aussetzte, ein wenig unbequemer zu ruhen, ward ich es vielmehr darüber, mich, von Biondetta's Armen umfangen zu fühlen.

Es ist mir nichts zugestoßen, sagte ich zu ihr, entfernen Sie sich ... Sie gehen ohne Pantoffeln über die Steinplatten, Sie werden sich erkälten ... gehen Sie fort ...

Aber es muß Ihnen so unbehaglich sein? ...

Bei Ihnen wird es mir jetzt allerdings so. Lassen Sie mich, oder wenn Sie durchaus in meiner Nähe geborgen sein wollen, so werde ich Ihnen gebieten, in dem Spinngewebe dort in der Wandecke sich schlafen zu legen. Sie wartete das Ende der Drohung nicht ab, sondern ließ sich wieder auf ihre Matte nieder und schluchzte leise. Die Nacht ging vorüber, und die Müdigkeit übermannte mich und verschaffte mir einige Momente Schlafs. Ich erwachte erst als es Tag war und man kann sich die Richtung denken, die meine ersten Blicke nahmen. Meine Augen suchten meinen Pagen.

Er saß völlig bis auf sein Wamms angekleidet auf einem kleinen Schemel und hatte seine Haare aufgelöst, die bis zur Erde herabhingen und in natürlichen, wallenden Locken ihm nicht blos Rücken und Schultern, sondern auch das Gesicht ganz bedeckten.

Da er nichts Besseres zu thun wußte, so entwirrte er sein Haar mit seinen Fingern. Kein Kamm von schönerm Elfenbein irrte je durch einen dichtem Wald blonder Haare, deren Feinheit ihren andern Vorzügen nichts nachgab. Da ein kleines Geräusch, das ich gemacht, mein Erwachen angekündigt hatte, so streicht sie mit ihren Fingern die Haare hinweg, die ihr das Gesicht beschatteten. Man denke sich Auroren im Frühlinge, wie sie mit ihrem Thau und ihren Düften in ihrer Frische aus dem Dampfe des Morgens hervortritt.

Biondetta, sprach ich, nehmen Sie einen Kamm, es liegen welche im Schubfache meines Schreibpultes. Sie gehorchte. Alsbald sind mittels eines Bandes, ebenso zierlich als geschickt, ihre Haare wieder auf ihrem Kopfe festgemacht. Sie nimmt ihr Wamms, zieht sich vollends an und setzt sich mit einem schüchternen, verlegenen, unruhigen Wesen, das wirklich Mitleiden ansprach, auf ihren Stuhl.

Wenn ich, sagte ich zu mir, im Laufe des Tages tausend solcher Bilder sehen muß, deren eines immer reizender ist als das andere, so halte ich ganz gewiß nicht an mich: ich will die Entwickelung wo möglich beschleunigen.

Ich rede sie an. Es ist nun Tag, Biondetta, dem Wohlstande ist genügt. Sie können mein Zimmer verlassen, ohne Besorgniß sich lächerlich zu machen.

Sie antwortete: Ich stehe jetzt über dieser Besorgniß; Ihr Vortheil und der meinige flößen mir vielmehr eine weit gerechtere ein. Sie lassen nicht zu, daß wir uns trennen.

Sie werden sich naher erklären, versetzte ich.

Sogleich, Alvaro. Ihre Jugend, Ihre Unbesonnenheit lassen Sie nicht die Gefahren erblicken, die wir um uns zusammengezogen haben. Kaum hatte ich Sie in dem Gewölbe wahrgenommen, als eine so heldenmüthige Fassung beim Anblick der schauderhaftesten Erscheinung meine Neigung fesselte. Ja, sagte ich zu mir selbst, um das Glück zu erlangen, muß ich mich einem Sterblichen vereinen, mich verkörpern: es ist an der Zeit. Dies ist der meiner würdige Held. Mögen die verächtlichen Nebenbuhler, die ich ihm aufopfere, sich immerhin darob entrüsten; mag ich mich auch ihrem Grolle und ihrer Rache aussetzen: was kümmert's mich? Von Alvaro geliebt, mit Alvaro vereint, werden sie und die Natur uns unterworfen sein. Sie haben das Weitere gesehen, dies sind die Folgen. Der Neid, die Eifersucht, der Unwille, die Wuth bereiten mir die grausamsten Züchtigungen vor, denen nur ein aus freier Wahl seiner Würde sich entäußert habendes Wesen meiner Art preisgegeben werden kann. Sie allein vermögen mich dagegen zu beschützen. Kaum tagt es, und schon sind die Ankläger unterwegs, um Sie als Schwarzkünstler vor den Gerichtshof zu belangen, den Sie kennen. In einer Stunde …

Halt ein! rief ich, indem ich mir die geballten Fäuste vor die Augen hielt: Du bist der hinterlistigste Erzverfälscher. Du sprichst von Liebe, Du bist ihr Bild, Du vergiftest den Gedanken an sie; ich untersage Dir noch ein Wort von ihr gegen mich verlauten zu lassen. Laß mich, wenn ich es im Stande bin, ruhig genug werden, einen Entschluß zu fassen. Muß ich in die Hände des Gerichtes fallen, so schwanke ich für den Augenblick nicht in der Wahl zwischen Dir und ihm; aber wenn Du mir beistehst, mich hier herauszuziehen, wozu mache ich mich dafür verbindlich? Kann ich mich von Dir trennen, wann ich will? Ich fodere Dich auf, mir klar und bestimmt zu antworten.

Um sich von mir zu trennen, Alvaro, bedarf es nur einer Äußerung Ihres Willens. Es ist mir sogar leid, daß meine Unterwerfung nothgedrungen. Verkennen Sie inskünftige meinen Eifer, so sind Sie unklug, undankbar …

Ich glaube an sonst nichts, als daß ich von hinnen muß. Ich will meinen Kammerdiener erwecken: er soll mir Geld auftreiben und Postpferde bestellen. Ich werde mich in Venedig an Bentinelli, den Banquier meiner Mutter, wenden …

Sie brauchen Geld? Glücklicherweise habe ich mich damit vorgesehen: es steht Ihnen zu Diensten …

Behalten Sie es. Gesetzt, Sie wären ein Weib, so würde ich mich erniedrigen, wenn ich es annähme.

Ich biete es Ihnen nicht als Geschenk, sondern als Darlehn an. Geben Sie mir eine Anweisung auf den Banquier. Setzen Sie auf, was Sie hier schuldig sind. Lassen Sie auf Ihrem Schreibepulte an Carlo den Befehl zurück, es zu bezahlen. Entschuldigen Sie sich brieflich bei Ihrem Commandanten, daß ein unerläßliches Geschäft Sie zwinge, sich ohne Urlaub zu entfernen. Ich werde Ihnen auf der Post Wagen und Pferde besorgen. Aber, Alvaro, indem ich mich nothwendigerweise von Ihnen entfernen muß, überkommt mich wieder alle meine Furcht. Sagen Sie zuvor: *Geist, der du nur um meinetwillen und für mich allein einen Körper angenommen hast, ich genehmige deine Unterthänigkeit und gestehe dir meinen Schutz zu.*

Indem sie mir diese Formel vorsagte, hatte sie sich mir zu Füßen geworfen und meine Hand erfaßt, die sie drückte und mit ihren Thränen benetzte.

Ich war außer mir und wußte nicht, was ich beginnen sollte. Ich lasse ihr meine Hand, die sie küßt und stammele die Worte her, die ihr so wichtig schienen. Kaum ist es geschehen, so steht sie auf. Ich bin die Ihrige! ruft sie mit Entzücken; ich kann das glücklichste aller Geschöpfe werden.

Augenblicklich hüllt sie sich in einen langen Mantel, drückt sich einen großen Hut in die Augen und verläßt mein Zimmer.

Ich war verblüfft. Ich ziehe meine Schulden aus, gebe darunter Carlo den Auftrag, sie zu berichtigen, zähle das nöthige Geld ab, und schreibe an den Commandanten, sowie an einen meiner vertrautesten Freunde Briefe, die sie sehr seltsam finden mußten. Schon höre ich den Wagen und die Peitsche des Postillons vor der Thüre.

Biondetta, das Gesicht noch immer in ihren Mantel gehüllt, kommt wieder und zieht mich mit sich fort. Carlo wird von dem Lärmen erweckt und erscheint im Hemde. Geh zu meinem Schreibtische, sage ich ihm, Du findest da meine Befehle. Ich setzte mich in den Wagen. Es geht fort.

Biondetta war mit mir eingestiegen und hatte auf dem Rücksitze Platz genommen. Als wir zur Stadt hinaus waren, nahm sie den Hut ab, der sie beschattete. Ihre Haare waren in ein karmoisinrothes Netz geschlossen: man sah nur die Spitzen davon, Perlen hinter Korallenzweigen. Ihr jedes andern Schmuckes entblößtes Angesicht prangte nur mit seinen alleinigen Reizen. Man hielt ihre Gesichtsfarbe für durchscheinend. Man konnte nicht begreifen, wie Sanftmuth, Aufrichtigkeit und Naivetät sich mit der Arglist vereinbarten, die aus ihren Blicken hervorstach. Ich überraschte mich, weil ich unwillkürlich diese Betrachtungen anstellte, und da ich sie für gefährlich für meine Ruhe hielt, schloß ich die Augen und schickte mich an, zu schlafen.

Mein Versuch blieb nicht vergeblich. Schlummer umfing meine Sinne und stellte mir die angenehmsten Träume dar, wie sie am geeignetsten waren, meine Seele nach den entsetzlichen und abenteuerlichen Ideen, die sie ermattet hatten, wieder zu erquicken. Er währte überaus lange, und als meine Mutter in der Folgezeit einmal meinen Begebenheiten nachsann, behauptete sie, daß mich diese Schläfrigkeit nicht auf natürlichem Wege überkommen sei. Als ich mich endlich wieder ermunterte, befand ich mich am Ufer des Kanals, auf dem man sich nach Venedig einschifft.

Es war schon tief in der Nacht; ich fühlte, daß ich am Ärmel gezogen ward: es war ein Lastträger: er wollte sich mit meinen Sachen beladen. Ich hatte nicht einmal eine Nachtmütze.

Biondetta zeigte sich am andern Schlage, um mir zu sagen, daß das Fahrzeug, das mich aufnehmen sollte, bereit sei. Ich steige maschinenmäßig aus, betrete die Felucke und falle in meine Schlafsucht zurück.

Was soll ich sagen? Am andern Morgen befand ich mich auf dem St.-Marcusplatze im schönsten Stockwerke des vornehmlichsten Gasthauses von Venedig. Ich kannte es und erkannte es auf der Stelle wieder. Ich sehe weiße Wäsche und einen kostbaren Schlafrock neben meinem Bette liegen. Ich vermuthete, dies könne eine Aufmerksamkeit des Wirths sein, bei dem ich von Allem entblößt angekommen war.

Ich stehe auf und sehe mich um, ob ich das einzige lebende Wesen im Zimmer bin; ich suchte Biondetta. Ich schämte mich dieser ersten Regung und dankte meinem guten Glück. Dieser Geist und ich sind also nicht unzertrennlich. Ich bin ihn los und darf mich sehr glücklich schätzen, wenn ich durch meine Unklugheit nichts mehr als meine Compagnie bei der Garde verliere. Muth, Alvaro, fuhr ich fort: es gibt noch andere Höfe und andere Souveraine außer dem von Neapel. Dies wird dich bessern, wenn du nicht unverbesserlich bist, und du wirst dich klüger aufführen. Weist man deine Dienste von sich, so öffnen eine zärtliche Mutter, Estremadura und ein reichliches väterliches Erbtheil dir die Arme. Aber was wollte der Poltergeist von dir, der dich seit vierundzwanzig Stunden nicht verlassen hat? Er hatte eine verführerische Gestalt angenommen. er hat mir Geld gegeben, ich will es ihm zurückerstatten.

Ich sprach noch so, da sehe ich meinen Gläubiger eintreten; er führte mir zwei Bediente und zwei Gondoliere zu. Sie müssen Bedienung haben, sagte er, bis Carlo anlangt. Man steht mir im Gasthause für die Brauchbarkeit und Treue der Leute hier, und dieses sind die muthvollsten Patrone der Republik.

Ich billige Ihre Wahl, Biondetta, sagte ich zu ihr; haben Sie sich hier untergebracht?

Ich habe, antwortete der Page, mit niedergeschlagenen Augen, in dem Stockwerke Ihrer Excellenz ein Zimmer eingenommen, das dem Ihrigen das fernste ist, um Ihnen so wenig wie möglich beschwerlich zu fallen.

Ich erkannte Schonung und Zartgefühl in dieser Aufmerksamkeit, zwischen ihr und mir einen Raum zu lassen, und wußte es ihr Dank.

Im äußersten Falle, dachte ich, würde ich ihr doch nicht die Luft verwehren können, wenn es ihr gefiele, sich unsichtbar in dem leeren Raume aufzuhalten, um mich zu besitzen. Ist sie in einem bestimmten Zimmer, so vermag ich meine Entfernung abzumessen. Von meinen Gründen zufriedengestellt, gab ich leicht meine Einwilligung in Alles.

Ich wollte zu dem Geschäftsmanne meiner Mutter ausgehen. Biondetta traf ihre Vorkehrungen wegen meines Anzuges, und sobald ich damit fertig war, begab ich mich an besagten Ort und Stelle.

Der Kaufherr empfing mich auf eine Art und Weise, über die ich billig staunen durfte. In seiner Bank gegenwärtig, kam er mir schon von Weitem auf das Freundlichste entgegen und sprach zu mir: Don Alvaro, ich vermuthete Sie nicht hier. Sie kommen gerade recht, mich von einem dummen Streiche abzuhalten. Ich wollte Ihnen soeben zwei Briefe und Geld übersenden.

Mein Zuschuß? fragte ich.

Ja, war die Antwort, und noch etwas mehr. Dahier haben Sie überdies zweihundert Zechinen, die diesen Morgen einkamen. Ein alter Herr, dem ich einen Schein darüber gegeben, überbrachte sie mir von Seiten Donna Mencias. Sie hat Sie krank geglaubt, weil sie von Ihnen keine Nachricht empfangen und einem Ihnen bekannten Spanier aufgetragen, mir das Geld zuzustellen, damit ich es Ihnen übermachen sollte …

Hat er Ihnen seinen Namen gesagt? …

Ich habe ihn in der Quittung verzeichnet. Er heißt Don Miguel Pimientos und will Escudero in Ihrem Hause gewesen sein. Da ich von Ihrer

Ankunft in Venedig nichts wußte, so habe ich ihn um seine Wohnung nicht befragt.

Ich nahm das Geld. Ich brach die Briefe auf: meine Mutter klagte über ihre Gesundheit und über meine Nachlässigkeit und erwähnte der Zechinen, die sie sandte, nicht: ich war ihr für ihre Güte desto erkenntlicher.

Da ich mir den Beutel so zur gelegenen Zeit gefüllt sah, kehrte ich vergnügt in mein Gasthaus zurück. Ich hatte Mühe, Biondetta in der Art von Gemach, wo sie ihre Wohnung aufgeschlagen, aufzufinden. Sie gelangte dazu durch einen schmalen finstern Gang, der von meiner Thüre abgelegen war. Ich wagte mich auf gut Glück hinein, und betraf sie in ein Fenster gekrümmt, sehr geschäftig, die Trümmer eines Klaviers wieder zusammenzusetzen und zu leimen.

Ich habe Geld, sagte ich ihr, und bringe Ihnen zurück, was Sie mir geliehen haben.

Sie ward roth, was ihr jedesmal, bevor sie sprach, begegnete, suchte meine Verschreibung, stellte sie mir wieder zu, nahm die Summe und begnügte sich, zu äußern, ich sei allzupünktlich und sie habe gehofft, längere Zeit des Vergnügens zu genießen, mich sich verpflichtet zu haben.

Aber ich bin Ihnen noch mehr schuldig, sagte ich, Sie haben die Post bezahlt. Sie hatte die Rechnung auf dem Tische liegen. Ich bezahlte sie. Ich ging scheinbar mit kaltem Blute von ihr. Sie fragte, ob ich noch Etwas zu befehlen habe? Ich wußte nichts, und sie ging ruhig wieder an ihre Arbeit. Sie hatte mir den Rücken zugewandt, und ich beobachtete sie eine Zeit lang; sie schien sehr emsig und war ebenso geschickt als thatig in ihrer Beschäftigung.

Ich versank auf meinem Zimmer wieder in Nachdenken. Der ist nun, sagte ich, eines Geistes Kind mit jenem Calderon, der Soberano's Pfeife ansteckte, und, wie vornehm er auch aussieht, doch von keiner bessern Familie. Wird er nicht zudringlich und mir beschwerlich, macht er keine Ansprüche, warum sollte ich ihn nicht behalten? Er versichert mir überdies, daß es meinerseits nur einer Willensäußerung bedarf, um ihn fortzuschicken. Warum übereilterweise das jetzt wollen, was ich jeden Tag und jeden Augenblick wollen kann? Ich wurde in meinen Betrachtungen durch die Meldung gestört, daß angerichtet sei.

Ich setzte mich zu Tisch. Biondetta stand in voller Liverei hinter meinem Stuhle und ließ es sich angelegen sein, alle meine Bedürfnisse zu errathen. Ich brauchte mich nicht umzudrehen, sie zu sehen: drei im Saale angebrachte Spiegel wiederholten alle ihre Bewegungen.

Die Mahlzeit war vorüber, es wird abgeräumt. Sie entfernt sich.

Der Wirth kommt herauf, ein alter Bekannter. Es war eben Karneval, meine Ankunft also nichts Verwunderliches. Er wünschte mir zu meinem stattlichem Aufzuge, der bessere Vermögensumstände ankündigte, Glück, und erging sich im Lobe meines Pagen, des schönsten, verständigsten, getreuesten und sanftesten Jünglings, den er noch je gesehen. Er fragte mich, ob ich an den Freuden des Karnevals theilzunehmen gedächte: es war meine Absicht. Ich nahm eine Verkleidung und stieg in meine Gondel.

Ich durchstreifte die Stadt, ging ins Schauspiel, ins Ridotto. Ich spielte, gewann vierzig Zechinen und kam ziemlich spät nach Hause, da ich überall, wo ich sie zu finden gemeint, Zerstreuung gesucht hatte.

Mein Page erwartet mich, eine Fackel in den Händen, unten an der Treppe, überläßt mich der Sorgfalt eines Kammerdieners und entfernt sich, nachdem er mich gefragt, zu welcher Stunde ich geweckt sein wolle.

Zur gewöhnlichen, antwortete ich, ohne zu wissen was ich sagte und ohne zu bedenken, daß Niemand mit meiner Lebensweise bekannt war.

Ich erwachte des andern Morgens spät und stand sogleich auf. Ich warf die Augen zufällig auf die Briefe meiner Mutter, die auf dem Tische liegen geblieben waren. Würdige Frau! rief ich aus: was beginne ich hier? Warum begebe ich mich nicht in den Schutz deiner weisen Rathschläge? Ja, ich gehe, ich gehe, das ist das Einzige, was mir zu thun übrig bleibt.

Da ich laut sprach, so bemerkte man, daß ich wach sei: man trat ein und ich sah die Klippe meiner Vernunft wieder vor mir. Sie sah so uneigennützig, bescheiden, unterwürfig aus und erschien mir desto gefährlicher. Sie meldete einen Schneider mit Stoffen an; das Geschäft wurde abgemacht und sie verschwand mit ihm bis zur Mittagsstunde.

Ich aß wenig und eilte, mich mitten in den Strudel der Vergnügungen der Stadt zu stürzen. Ich suchte die Masken auf, hörte frostige Scherze an und machte sie mit, und verfügte mich zu guter Letzt in die Oper und zum Spiel, das bis dahin meine Hauptleidenschaft gewesen war. Das zweite Mal gewann ich noch viel mehr als das erstere.

In solcher Lage des Herzens und des Geistes vergingen mir zehn Tage ungefähr unter den nämlichen Zerstreuungen: ich fand alte Bekannte, bekam neue. Ich wurde in den vornehmsten Gesellschaften eingeführt, zu den Versammlungen der Edlen in ihren Casini zugelassen.

Alles ging gut, wenn mich nur mein Glück im Spiele nicht verlassen hätte; aber ich verlor im Ridotto an einem Abende dreizehnhundert Zechinen, die ich zusammengescharrt hatte, wieder. Niemand konnte je unglücklicher spielen. Früh um drei Uhr ging ich ausgebeutelt hinweg und blieb noch meinen Bekannten hundert Zechinen schuldig. Mein Verdruß war in meinen Blicken und in meinem ganzen Wesen sichtbar. Biondetta schien bewegt zu sein; that aber den Mund nicht auf.

Am andern Morgen stand ich spät auf. Ich ging mit großen Schritten im Zimmer auf und ab und stampfte mit den Füßen. Das Frühstück kam, ich aß nicht. Nachdem es abgetragen, blieb Biondetta wider ihre Gewohnheit zugegen. Sie sieht mich einen Augenblick an und verliert einige Thränen: Sie haben verloren, Don Alvaro, vielleicht mehr als Sie wiederbezahlen können? …

Und wenn das der Fall ist, wie wäre dem abzuhelfen?

Sie kränken mich; meine Dienste sind Ihnen stets zu demselben Preise gewidmet. Ader sie würden nicht weit her sein, wenn sie Ihnen nur derlei

Verbindlichkeiten gegen mich auflüden, die Sie sich gedrungen fühlten, auf der Stelle wieder abzutragen.

Erlauben Sie, daß ich mir einen Stuhl nehme: ich fühle mich so ergriffen, daß ich unfähig sein würde, mich aufrecht zu erhalten. Ich habe Ihnen überdies wichtige Dinge mitzutheilen. Wollen Sie sich zu Grunde richten? … Warum spielen Sie mit solcher Hitze, da Sie nicht zu spielen verstehen? …

Sind Hazardspiele nicht eine allbekannte Sache? Sollte mich sie erst Jemand lehren? …

O, ja: Klugheit bei Seite, man lernt Glücksspiele, die Sie unpassend Hazardspiele nennen, wol. Es gibt keinen Zufall in der Welt: es ist darin Alles eine nothwendige Folge von Combinationen gewesen und wird es sein, die man nur durch die Wissenschaft der Zahlen begreift, deren Grundsätze zu gleicher Zeit so tief und abstract sind, daß man sie sich nicht anders als unter Anleitung eines Lehrers aneignen mag, den man verstehen muß, sich zu geben und sich zu verbinden. Ich kann Ihnen von dieser erhabenen Kenntniß nur durch ein Bild einen Begriff vermitteln. Die Verkettung der Zahlen gibt das Gleichmaß des Universums ab und regelt, was man zufällige und vermeintlich bestimmte Ereignisse nennt, indem sie dieselben durch unsichtbare Druckwerke zwingt, ein jedes zu seiner Zeit herabzufallen, und zwar von den größten Dingen an, die in den entferntesten Sphären vor sich gehen, bis zu den kleinlichsten Wechselfällen herab, die Sie heute Ihres Geldes beraubt haben.

Diese gelehrte Tirade in dem Munde eines Kindes, dieser etwas aufdringliche Vorschlag, mir einen Lehrer zu geben, verursachten mir einen leichten Schauder und einen ähnlichen kalten Schweiß, wie der mir in dem Gewölbe zu Portici ausgebrochen war. Ich heftete den Blick auf Biondetta, die die Augen niederschlug. Ich will keinen Lehrmeister, sagte ich ihr, ich würde fürchten, zu viel von ihm zu lernen. Aber versuchen Sie, mir zu beweisen, daß ein Edelmann etwas mehr als das bloße Spiel wissen und es nützen darf, ohne seiner Würde zu vergeben.

Sie nahm die Thesis auf und dies ist im Wesentlichen das Ergebniß ihrer Beweisführung.

Die Bank beruht auf dem Grunde eines übermäßigen Vortheils, der sich mit einer jeden Taille erneut. Liefe sie gar keine Gefahr, so würde die Republik unstreitig einen offenbaren Diebstahl am Einzelnen begehen. Aber die Berechnungen, die wir machen können, sind eingebildet und die Bank hat immerdar ein leichtes Spiel, indem unter zehntausenden, die ihre Opfer sind, nur ein Unterrichteter gegen sie hält. Sie überführte mich weiter und zeigte mir nur eine einzige Combination, die dem Scheine nach sehr einfach war. Ich errieth ihr Princip nicht; aber noch des nämlichen Abends erkannte ich ihre Untrüglichkeit am Erfolge.

Mit Einem Worte, ich gewann, sie befolgend, Alles wieder, was ich verloren, bezahlte meine Spielschulden und erstattete an Biondetta die

Summe zurück, die sie mir geliehen hatte, mein Glück von Neuem zu versuchen.

Ich war bei Gelde; aber in größerer Verlegenheit als je. Mein Mißtrauen gegen die Absichten des gefährlichen Wesens, dessen Dienste ich angenommen, hatte sich erneuert. Ich wußte doch nicht ganz gewiß, ob ich es würde wieder von mir entfernen können: jedenfalls hatte ich nicht die Kraft, es zu wollen. Ich wandte die Augen ab, um es nicht zu sehen, wo es war, und sah es doch aller Orten, wo es nicht war.

Das Spiel bot mir nicht länger einen lockenden Zeitvertreib dar. Seitdem das Pharo, das ich leidenschaftlich liebte, die Würze des Wagens für mich verloren, fand ich durchaus nichts mehr daran, was mich reizte.

Die Karnevalspossen langweilten mich, das Schauspiel fand ich abgeschmackt. Hätte ich auch das Herz frei genug gehabt, mit einer Frau aus der vornehmen Welt ein Verhältniß anzuknüpfen, so schreckte mich im Voraus das Geschmachte, das Ceremoniel und der Zwang des Cicisdeats ab. Es blieb mir die Zuflucht der Adelscasini, wo ich nicht mehr spielen wollte, und die Gesellschaft der Curtisanen übrig. Unter den Frauen der letztern Art gab es einige, die sich mehr durch den feinen Geschmack ihres Gepränges und die muntere Gesellschaft, als durch persönliche Reize auszeichneten. Ich fand in ihren Häusern eine wirkliche Freiheit, wie ich sie zu genießen liebte, eine geräuschvolle Fröhlichkeit, die mich betäuben konnte, wenn sie mir auch nicht gefiel; kurz, einen immerwährenden Mißbrauch der Vernunft, der mich auf Augenblicke aus den Verwickelungen der meinigen erlöste. Ich war gegen sie Alle, bei denen ich Zutritt hatte, galant, ohne es auf eine einzige abgesehen zu haben. Dagegen hatte aber die berühmteste von ihnen ihre Absichten auf mich, die sie bald offenbar werden ließ.

Man nannte sie Olympia. Sie war sechsundzwanzig Jahre alt, sehr schön, talentvoll und geistreich. Sie ließ mich bald die Neigung wahrnehmen, die sie zu mir gefaßt, und, ohne daß ich deren für sie empfand, warf ich mich ihr an den Hals, um mich gewissermaßen meiner selbst zu entledigen.

Unsere Verbindung nahm einen ziemlich plötzlichen Anfang, und da ich nicht eben besondern Reiz darin fand, so meinte ich, sie werde auf gleiche Weise endigen, und Olympia, meiner Unachtsamkeiten bei ihr ermüdend, sich um so balder einen Liebhaber aussuchen, der ihr mehr Gerechtigkeit widerfahren lasse, als wir ohnedies auf dem Fuße der uneigennützigsten Leidenschaft mit einander standen; aber unser Planet hatte ein Anderes entschieden. Und es mußte ohne Zweifel zur Züchtigung dieser stolzen, heftigen Frau und damit ich in Verlegenheiten anderer Art geriethe, geschehen, daß sie eine unbezähmbare Liebe zu mir faßte.

Schon stand es nicht mehr in meinem Willen, des Abends in meine Herberge zurückzukehren, und während des Tages wurde ich von ihren Briefen, Botschaften und Aufpassern im höchsten Grade belästigt.

Man beklagte sich über meine Kälte. Eine Eifersucht, die noch keinen Gegenstand aufgefunden hatte, hielt sich an alle Frauen, die meine Blicke hätten fesseln können, und würde mich sogar zu Unhöflichkeiten gegen sie genöthigt haben, wenn meinem Charakter wäre beizukommen gewesen. Diese fast unablässige Qual war mir sehr verdrießlich; aber ich mußte mich wol darein finden. Ich bestrebte mich aufrichtig, Olympien zu lieben, um nur Etwas zu lieben und mich von der gefährlichen Neigung, die ich an mir kannte, abzulenken; inzwischen bereitete sich ein lebhafterer Auftritt vor.

Ich wurde in meiner Wohnung, dem Auftrage der Curtisane gemäß, heimlich beobachtet. Seit wann, sagte sie eines Tages zu mir, haben Sie den schönen Pagen, an dem Sie solchen Antheil nehmen, und den Sie so sehr berücksichtigen, ja den Sie jedesmal mit den Augen verfolgen, wann er Sie zu bedienen in Ihr Zimmer tritt? Warum halten Sie ihn so streng eingezogen, daß man ihn nirgends in Venedig wahrnimmt?

Mein Page, versetzte ich, ist ein junger Mensch von guter Herkunft, dessen Erziehung mir anvertraut worden. Er ist …

Er ist, fiel sie mir mit zornglühenden Blicken in das Wort, Verräther! ein Weib. Eine meiner Vertrauten hat ihn durch das Schlüsselloch sich ankleiden sehen …

Ich gebe Ihnen mein Ehrenwort, daß er kein Weib ist …

Füge nicht noch eine Lüge zum Verrath. Sie hat geweint: man hat es gesehen: sie ist nicht glücklich. Du verstehst nur die Herzen zu foltern, die sich Dir ergeben. Du hast sie betrogen, wie Du mich betrügst und verläßt sie. Schicke das Kind den Ihrigen zurück, und wenn Deine Verschwendung Dich unfähig gemacht hat, gegen sie gerecht und billig zu sein, so will ich es thun; aber ich verlange, daß sie morgen verschwindet.

Olympia, erwiederte ich so gelassen als ich es vermochte: ich habe Ihnen betheuert, ich wiederhole Ihnen und betheuere Ihnen nochmals, daß der Page kein Weib ist. Wollte Gott! …

Was sollen diese Lügen und dies: Wollte Gott! Ungeheuer? Schicke sie fort, sage ich Dir, oder … Aber ich habe andere Hülfsquellen; ich werde Dich entlarven, und wenn Du keine Vernunft annehmen willst, so wird sie es thun …

Von diesem Strome von Beleidigungen und Drohungen übermannt, aber mir den Anschein gebend, dafür nicht empfindlich zu sein, ging ich, wenn auch spät, nach Hause.

Meine Leute und vornehmlich Biondetta schienen sich über meine Ankunft zu verwundern: sie zeigte einige Besorgnisse wegen meiner Gesundheit; ich entgegnete, ich befände mich wohl. Ich hatte seit meinem Verhältnisse mit Olympien fast nicht mehr mit ihr gesprochen, und dies hatte in ihrem Betragen gegen mich keine Veränderung hervorgebracht, wiewol es sich in ihren Zügen bemerkbar machte. Es drückte sich in ihrem ganzen Angesicht eine gewisse Abspannung und Schwermuth aus.

Am nächsten Morgen war ich kaum erwacht, als Biondetta zu mir ins Zimmer trat, einen offenen Brief in der Hand haltend. Sie stellt mir ihn zu und ich lese:

An den vermeintlichen Biondetto.

Ich weiß weder, wer Sie, noch weswegen Sie bei Don Alvaro sind, Madame; aber Sie sind jung genug, um entschuldigt, und in zu schlechten Händen, um nicht bemitleidet werden zu müssen. Dieser Edelmann wird Ihnen versprochen haben, was er aller Welt verspricht und mir noch alle Tage zuschwört, obschon er entschlossen ist, uns zu verrathen. Sie sollen ebenso klug als schön, und werden also für einen guten Rath empfänglich sein. Sie stehen in einem Alter, Madame, in dem Sie noch wieder gut machen können, was Sie an sich selbst verschuldet haben: ein gefühlvolles Herz bietet Ihnen die Mittel dazu an. Es wird um die Größe des Opfers, das es Ihrer Ruhe zu bringen hat, nicht mit Ihnen markten. Dasselbe muß Ihren Verhältnissen, den Opfern, die Sie selbst schon gebracht haben und den Aussichten, die man Ihnen etwa für die Zukunft eröffnet, angemessen sein, sodaß Sie seinen Umfang selbst zu bestimmen haben. Sollten Sie hiergegen hartnäckigerweise unglücklich und betrogen bleiben und Andere unglücklich machen wollen, so versehen Sie sich alles dessen, was die Verzweiflung nur Gewaltthätiges einer Nebenbuhlerin eingeben kann. Ich erwarte Ihre Antwort.

Nachdem ich diesen Brief gelesen hatte, stellte ich ihn Biondetta wieder zu. Antworten Sie dieser Frau, sagte ich: daß sie eine Närrin sei, Sie wissen ja besser als ich, in welchem Grade sie das ist …

Sie kennen sie, Don Alvaro, fürchten Sie nichts von ihr? …

Ich fürchte, daß sie mich noch längere Zeit langweilt, darum verlasse ich sie, und um mich desto sicherer von ihr loszumachen, werde ich noch diesen Morgen ein hübsches Haus miethen, das man mir an der Brenta angetragen hat. Ich kleidete mich ungesäumt an und ging meinen Handel abzuschließen. Unterwegs bedachte ich Olympia's Drohungen. Die arme Närrin! sprach ich: will den … Ich vermochte, ich wußte nicht wie es kam, durchaus nicht auszusprechen, wen sie tödten wollte.

Nach abgemachter Sache kehrte ich heim, aß zu Mittag und beschloß bei mir, im Laufe dieses Tages weiter nicht auszugehen, um nicht von der Macht der Gewohnheit zu der Curtisane hingezogen zu werden.

Ich nehme ein Buch zur Hand. Unfähig, zu lesen, lege ich es wieder weg. Ich trete an das Fenster, und die Menge und Mannichfaltigkeit der Gegenstände ist mir eher zuwider, als daß sie mich hätte zerstreuen sollen. Ich messe das Zimmer mit großen Schritten auf und ab, und suche Ruhe des Geistes in fortwährender Bewegung des Körpers.

In diesem unschlüssigen Zustande trete ich von ungefähr in eine finstere Kleiderkammer ein, wo meine Leute verschiedene zu ihrem Dienste gehörige Sachen aufzubewahren pflegten, die nicht gerade bei der Hand sein mußten. Ich war nie darin gewesen, die Dunkelheit des Orts gefällt mir. Ich setze mich auf einen Koffer und verweile einige Minuten.

In dieser kurzen Zwischenzeit höre ich in einem anstoßenden Gemache Geräusch. Ein matter mir in die Augen fallender Lichtschimmer zieht mich nach einer ungangbaren Thüre hin, er drang durch das Schlüsselloch derselben; ich halte das Auge daran.

Ich sehe Biondetta mit verschränkten Armen ihrem Klaviere gegenüber in der Haltung eines Menschen sitzen, der in tiefes Nachdenken versunken ist. Sie bricht das Stillschweigen.

Biondetta! Biondetta! spricht sie. Er nennt mich Biondetta. Das ist das erste und einzige liebkosende Wort, das seinem Munde je entschlüpft.

Sie schweigt und scheint in ihre Träumereien zurückzusinken. Sie legt endlich die Hände auf das Klavier, das ich sie hatte ausbessern gesehen. Vor ihr auf dem Pulte liegt ein zugemachtes Buch. Sie präludirt und singt mit halber Stimme, indem sie sich dazu begleitet.

Ich versah mich auf der Stelle, daß sie keine bestimmte Composition sang. Naher hinhorchend, hörte ich weinen und Olympia's Namen. Sie improvisirte in Prosa über ihre vermeintliche Lage und über die ihrer Nebenbuhlerin, die sie weit glücklicher als die ihrige fand, zuletzt über meine Härte gegen sie und meinen Verdacht, der ein Mißtrauen erzeuge, das mich von meiner Glückseligkeit entferne. Sie würde mich auf die Bahn der Hoheit, des Reichthums und des Wissens geleitet und ich auch sie glücklich gemacht haben. Ach! sagte sie, das fällt nun unmöglich. Wenn er mich einmal für das erkennt, was ich bin, werden Reize ihn nicht mehr fesseln; eine Andere …

Die Leidenschaft riß sie hin und sie schien in Thränen zu ersticken. Sie steht auf, holt ein Schnupftuch, trocknet sie, ab und tritt zum Instrumente. Sie will sich wieder setzen und als ob die Niedrigkeit des Sitzes ihr vorher zu beschwerlich gefallen, nimmt sie das Notenbuch vom Pulte und legt es auf das Taburet, dann setzt sie sich und präludirt von Neuem.

Ich nahm alsbald wahr, daß das zweite Musikstück dem erstern nicht ähnelte. Ich erkannte die Melodie einer damals in Venedig sehr beliebten Barcarole. Sie spielte sie zweimal, und darauf sang sie mit festerer und lauterer Stimme die nachstehenden Worte:

Ach! was muß ich nun erleiden,
Kind der Lüfte, das ich bin,
Das für Erd' und Liebesfreuden
Gab das ganze Weltall hin.
Selber hab' ich mich begeben
Alles Glanzes, aller Macht,

Und Verschmähung, dienstbar Leben
Hat es mir zum Lohn gebracht.

Schmeichelt doch dem edlen Pferde
Selbst die Hand, die es regiert,
Daß ihm nicht Verletzung werde,
Sorgt, wer's bändigt, es dressirt.
Mag man es auch immer zwingen,
Zähmen es und spornen gar,
Ehre wird es ihm nur bringen,
Nicht Erniedrigung, fürwahr.

Eine Andre nahm zu eigen
Sich dein Herz, Alvaro, ein,
Daß dein Kaltsinn mußte weichen,
Sage mir, wie könnt' es sein?
Sie nur liebst du treu vor Allen,
Ihr vertraust du deine Ruh,
Sie gefällt dir, mir gefallen
Ist allein dein Mißtrau'n zu,

Das ich, ohn' es zu erregen,
Jetzt wie Gift empfinden lern',
Die du scheust, bin ich zugegen,
Die du hassest, bin ich fern.
Leide ich, soll ich betrügen,
Seufze nimmer in der That,
Spreche ich, so will ich lügen,
Schweige ich, so ist's Verrath.

Liebe, du bist der Verräther
Und ich büße deine Schuld,
Räche mich früh oder später.
Gib mir wieder seine Huld.
Laß ihn endlich mich erkennen,
Und wie immer es gescheh',
Laß ihn keine Schwäche kennen,
Die er nicht für mich begeh.

Meine Feindin triumphiret,
Und sie gibt mein Schicksal an.
Ach! ich sehe mich verführet,
Zwischen Tod und zwischen Bann.
Bleib in deinen Banden liegen,
Meines Herzens wilde Pein,

Würde sonst dich Haß bekriegen,
Darum laß uns ruhig sein.

Der Ton ihrer Stimmung, der Gesang, der Sinn der Verse, ihre Wendungen stürzten mich in eine Verwirrung, die ich nicht beschreiben kann. Gespenstisches Wesen, verderbliches Blendwerk! rief ich aus, indem ich mit Ungestüm aus meinem Versteck hervorbrach, wo ich nur zu lange verweilt hatte: kann man den Anschein der Wahrheit und Natur täuschender annehmen? Wie glücklich bin ich, erst heute dieses Schlüsselloch aufgefunden zu haben! Wie oft würde ich sonst hierhergekommen sein, mich in Trunkenheit versetzen zu lassen, wie viel würde ich nicht dazu beigetragen haben, mich selbst zu betrügen. Fort von hier, nach der Brenta, schon morgenden Tages, noch heute Abend!

Ich rufe ungesäumt einen Bedienten und lasse Alles, was ich nöthig hatte, die Nacht in meiner neuen Wohnung zuzubringen, in eine Gondel schaffen.

Es würde mir allzuschwer gefallen sein, die Nacht in dem Gasthause zu verbleiben. Ich verließ es. Ich ging aufs Gerathewohl in der Stadt umher. Beim Umbeugen um eine Straßenecke glaubte ich jenen Bernardillo, der Soberano auf unserm Spaziergange nach Portici begleitete, in ein Kaffeehaus gehen zu sehen. Ein neues Gespenst! sagte ich: sie verfolgen mich. Ich bestieg meine Gondel und durchfuhr ganz Venedig, Kanal aus, Kanal ein; es war elf Uhr, als ich zurückkehrte. Ich wollte nach der Brenta aufbrechen; da aber meine ermüdeten Gondoliere mir den Dienst verweigerten, so sah ich mich genöthigt, andere holen zu lassen: sie kamen an, und meine von meinem Vorhaben im Voraus unterrichteten Leute stiegen, mit ihren eigenen Sachen bepackt, vor mir in die Gondel. Biondetta folgte hinten mir drein.

Kaum habe ich den andern Fuß in den Kahn nachgezogen, als mich ein Schrei veranlaßt, mich umzuwenden. Eine Maske erdolcht Biondetta.

Du entreißt ihn mir, stirb, stirb, verhaßte Nebenbuhlerin!

Die That geschah so schnell, daß einer der Gondoliere, der am Ufer zurückgeblieben war, sie nicht hatte verhindern können. Er wollte über den Mörder herfallen und ihm mit der Fackel in's Gesicht schlagen. Ein anderer Verlarvter springt hinzu und stößt ihn mit einer drohenden Geberde, mit einem Ausrufe zurück, an dem ich Bernardillo's Stimme wiederzuerkennen meinte.

Außer mir selbst, stürze ich wieder aus der Gondel. Die Mörder sind verschwunden. Beim Scheine der Fackel erblicke ich Biondetta bleich, in ihrem Blute gebadet, verscheidend.

Mein Zustand laßt sich nicht beschreiben. Jede andere Vorstellung vergeht mir. Ich sehe nur noch ein angebetetes Weib, das Opfer eines lächerlichen Vorurtheils und meiner eitlen unerhörten Sorglosigkeit geworden, dem ich seither die grausamsten Kränkungen bereitet habe. Ich werfe mich über sie. Ich rufe sogleich nach Hülfe und Rache. Ein von dem Lärmen dieses Auftritts herbeigezogener Wundarzt tritt heran. Ich lasse die Verwundete in mein Zimmer schaffen, und in der Besorgniß, daß man nicht behutsam genug mit ihr umgehe, trage ich ihre Last zur Hälfte selbst.

Als man sie entkleidet hatte, und ich den schönen, blutigen Leib von zwei so ungeheuren Wunden getroffen sah, die beide an die Quellen ihres Lebens gedrungen zu sein schienen, sagte ich und beging tausend Ungereimtheiten.

Biondetta, die man für bewußtlos hielt, konnte sie nicht wohl hören; aber der Wirth und seine Leute, der Wundarzt und zwei herbeigeholte Ärzte hielten dafür, es dürfe der Verwundeten gefährlich werden, mich bei ihr zu dulden.

Man entfernte mich aus dem Zimmer und ließ meine Leute bei mir; da aber einer von ihnen das Ungeschick beging, mir zu sagen, die Ärzte hätten die Wunden für tödtlich erklärt, so brach ich in schmerzliche Wehklagen aus.

An meiner Aufregung zuletzt ermattend, versank ich in Abspannung, die einen Schlummer zur Folge hatte.

Ich glaubte meine Mutter im Traume zu sehen, ich erzählte ihr mein Abenteuer und um es ihr desto anschaulicher zu machen, führte ich sie nach den Ruinen von Portici.

Nicht dahin, mein Sohn! sprach sie zu mir, du bist in einer offenbaren Gefahr. Wie wir nun durch einen Engpaß kamen, in dem ich getrost vorschritt, stieß mich plötzlich eine Hand in einen Abgrund, ich erkannte sie, es war Biondetta's Hand. Ich fiel, eine andere Hand zieht mich zurück und ich befinde mich in den Armen meiner Mutter. Ich wache, noch vor Schrecken keuchend, auf. Geliebte Mutter! rief ich aus, du verläßt mich nicht, sogar nicht im Traume. Biondetta! du willst mich verderben? Aber dieser Traum ist die Wirkung meiner aufgeregten Einbildungskraft. Ach! hinweg mit solchen Gedanken, die mich gegen die Dankbarkeit und Menschlichkeit würden sündigen lassen.

Ich rufe einen Bedienten und ziehe Erkundigungen ein. Zwei Wundärzte wachen: man hat viel Blut abgelassen, man fürchtet das Fieber.

Am andern Morgen, nachdem man den Verband abgelöst, erklärte man, die Wunden seien nur ihrer Tiefe halb gefährlich; aber das Fieber kehrt zurück, nimmt zu, und man muß die Kranke durch neue Aderlässe erschöpfen.

Ich bat so dringend, eingelassen zu werden, daß man meinen Vorstellungen nicht widerstehen konnte.

Biondetta phantasirte und wiederholte unaufhörlich meinen Namen. Ich sah sie an; sie war mir noch nie so schön vorgekommen.

Das also, sagte ich zu mir, nahm ich für ein gefärbtes Trugbild, für eine Anhäufung glänzender Dünste, nur dazu da, meine Sinne zu verblenden? Sie lebte wie ich, und verliert ihr Leben, weil ich sie nimmer habe hören wollen, weil ich sie willkürlich preisgegeben. Ich bin ein Tiger, ein Ungeheuer! Wenn du stirbst, liebenswürdigstes Wesen, dessen Werth ich so ungerechterweise verkannt habe, so mag ich dich nicht überleben. Ich werde dir in den Tod folgen, nachdem ich dir auf deinem Grabe die grausame Olympia geopfert! Wirst du mir wiedergegeben, so bin ich der Deine; ich werde deine Wohlthaten erkennen, deine Tugenden, deine Geduld krönen, ich vereinige mich dir mit unauflöslichen Banden und erfülle meine Pflicht, dich glücklich zu machen, indem ich dir alle meine Gefühle, ja meinen Willen blind ergebe.

Ich mag nicht die mühsamen Anstrengungen der Kunst und Natur schildern, einen Körper ins Leben zurückzurufen, der den für ihn aufgeboten werdenden Hülfsmitteln zu erliegen schien.

Einundzwanzig Tage vergingen, derweil man zwischen Furcht und Hoffnung schwankte, endlich verminderte sich das Fieber und schien es, als gewönne die Kranke ihre Besinnung wieder.

Ich nannte sie meine liebe Biondetta, sie drückte mir die Hand. Von diesem Augenblicke an erkannte sie Alles, was sie umgab. Ich saß an ihrem Kopfkissen: ihre Augen richteten sich auf mich; die meinen waren in Thränen gebadet. Ich vermag den Liebreiz, den Ausdruck ihres Lächelns, als sie mich ansah, nicht zu beschreiben. Liebe Biondetta! sprach sie: ich bin Alvaro's liebe Biondetta. Sie wollte mehr sagen: man nöthigte mich abermals, mich zu entfernen.

Ich zog vor, in ihrem Zimmer an einer Stelle zu bleiben, wo sie mich nicht sehen konnte. Man erlaubte mir endlich, wieder heranzutreten. Biondetta! sagte ich, ich lasse die Mörder verfolgen.

Ach! schonen Sie sie, entgegnete sie: sie haben mich glücklich gemacht. Wenn ich sterbe, ist's für Sie; lebe ich, so ist's um Sie zu lieben.

Ich habe Grund, die zärtlichen Auftritte nicht weiter auszumalen, die zwischen uns bis dahin stattfanden, daß die Ärzte mich versicherten, ich dürfe Biondetta an das Ufer der Brenta bringen lassen, wo die Lust geeigneter sein werde, ihre Kräfte wiederherzustellen. Wir schlugen dort unsere Wohnung auf. Ich hatte ihr von dem Augenblicke an, da ihr Geschlecht, durch die Nothwendigkeit, ihre Wunden zu verbinden, an den Tag gekommen war, zu ihrer Bedienung zwei Zofen gegeben. Ich ließ es ihr an nichts fehlen, was zu ihrer Bequemlichkeit gereichen konnte und beschäftigte mich nur damit, ihr hülfreich zu sein, sie zu unterhalten, ihr zu gefallen.

Ihre Kraft mehrte sich zusehens und ihre Schönheit schien Tag für Tag an Glanz zu gewinnen. Am Ende, als ich glaubte, sie werde ein längeres Gespräch ohne Nachtheil für ihre Gesundheit ertragen können, sagte ich zu ihr: O, Biondetta! ich bin von Liebe, erfüllt, versichert, daß Sie kein gespenstisches Wesen sind, überzeugt, daß Sie mich, trotz meines bisherigen empörenden Betragens gegen Sie, lieben. Aber Sie wissen, ob meine Zweifel begründet waren. Enthüllen Sie mir das Geheimniß der seltsamen Erscheinung, die meine Blicke in dem Gewölbe von Portici betraf. Woher, wohin kamen jenes widerderwärtige Scheusal, jenes kleine

Hündchen, die vor Ihnen da waren? Wie, warum erschienen Sie an deren statt, um bei mir zu verweilen? Beruhigen Sie vollends ein Herz, das Ihnen ganz angehört und sich Ihnen für das ganze Leben ergeben will.

Alvaro, antwortete Biondetta, jene Negromanten, die über Ihre Verwegenheit erstaunt waren, wollten sich mit Ihrer Demüthigung eine Kurzweil machen und Ihr Entsetzen dazu benutzen, Sie zum elenden Sclaven ihres Willens herabzuwürdigen. Sie bereiteten Ihnen das höchste Schrecken vor, indem sie Sie anreizten, den mächtigsten und furchtbarsten aller Geister zu beschwören. Und mit Hülfe derjenigen, deren Kategorie ihnen unterworfen ist, stellten sie Ihnen ein Schauspiel an, das Sie vor Entsetzen getödtet haben würde, hätte nicht die innere Kraft Ihrer Seele ihren listigen Anschlag gegen sie selbst ausschlagen lassen.

Sowie die Sylphen, die Salamander, die Gnomen, die Undinen Ihre heldenmäßige Haltung wahrnahmen, beschlossen sie, von Ihrem Muthe entzückt, Ihnen allen Vortheil über Ihre Feinde einzuräumen. Ich bin ursprünglich eine Sylphide, und zwar eine der ansehnlichsten. Ich erschien in Gestalt des kleinen Hündchens, und empfing Ihre Befehle, und darauf bestrebten wir uns um die Wette, denselben nachzukommen. Je gebieterischer, entschlossener und unbefangener, je mehr mit uns einverstanden Sie über uns verfügten, desto mehr erhöhte sich unsere Bewunderung vor Ihnen und unser Eifer. Sie geboten mir, Sie als Page zu bedienen und als Sängerin zu vergnügen. Ich gehorchte mit Freuden und fand in meiner Unterwerfung einen solchen Reiz, daß ich beschloß, mich Ihnen für alle Zeit zu widmen. Entscheide jetzt, sagte ich zu mir selbst, dein Glück und dein Geschick. In dem öden Lufträume einem nothwendigen steten Wechsel hingegeben, ohne Empfindungen, ohne Genüsse, eine Sclavin der Beschwörungen der Cabbalisten, ein Spielball ihrer Launen und demzufolge in deinem ganzen Wesen und Wissen beschränkt, kannst du da noch einen Augenblick über die Wahl der Mittel unschlüssig sein, deinem Dasein einen höhern Adel zu verleihen? Es ist uns erlaubt, uns zu verkörpern, um uns also zu weisen Menschen zu gesellen: hier ist deren einer. Ich will mich darauf beschränken, ein einfaches Weib zu sein. Ich will mit dieser freiwilligen Umwandlung auf das natürliche Recht der Sylphiden und auf die Gemeinschaft mit meines Gleichen verzichten und mir also das Glück erwerben, zu lieben und geliebt zu werden. Meinem Überwinder dienend, will ich ihn die ganze ihm noch unbewußte Erhabenheit seiner Natur erkennen lassen und er wird uns mit den Elementen, deren Gebiet ich verlassen habe, die Geister aller Sphären unterwerfen. Er ist dazu geschaffen, König der Welt zu sein, und ich werde die Königin, seine von ihm angebetete Königin sein. Diese Betrachtungen, die in einem mit keinen Organen beschwerten Wesen schneller als Sie glauben können, aufeinanderfolgten, bewirkten auf der Stelle meinen Entschluß. Ich nahm einen mir äußerlich gleichenden weiblichen Körper an, um ihn nur mit meinem Leben wieder zu verlassen. Sobald ich mich verkörpert hatte, Alvaro, erkannte ich, daß ich ein Herz besaß. Ich bewunderte, ich liebte

Sie; aber was wurde aus mir, als ich in Ihnen nur Abneigung und Haß antraf! Ich konnte mich nicht umwandeln, ja nicht einmal bereuen. Allen Unfällen unterworfen, die Creaturen Ihrer Art betreffen, von dem Unwillen der Geister, von dem unversöhnlichen Hasse der Negromanten verfolgt, war ich, Ihres Schutzes ermangelnd, das unglücklichste Wesen unter der Sonne; was sage ich! Ich würde es ja ohne Ihre Liebe noch immer sein.

Die tausendfältige Anmuth und Holdseligkeit, die ihre Gesichtszüge und Geberden, die der Ton ihrer Stimme dabei ausdrückte, unterstützte das Blendwerk dieser anziehenden Mittheilung. Ich begriff nichts von dem was ich hörte. Aber was war denn überhaupt Begreifliches in meinem Abenteuer?

Es kommt mir Alles wie ein Traum vor, sprach ich zu mir: jedoch was ist das ganze menschliche Leben anders als ein Traum? Ich träume nur ungewöhnlicher als ein Anderer, das ist Alles. Ich habe es mit meinen Augen gesehen, wie sie, fast an die Pforten des Todes gelangt, und Erschöpfung und Schmerzen jeglicher Art erleidend, von der Kunst alle Hülfe empfing.

Der Mann wurde aus einem wenig Staub und Wasser geschaffen. Warum sollte ein Weib nicht aus Thau, Dünsten der Erde und Lichtstrahlen, aus verdichteten Regenbogentheilchen entstehen? Wo ist das Mögliche, wo das Unmögliche?

Das Ergebniß meiner angestellten Betrachtungen war, daß ich mich meiner Neigung noch mehr hingab, indem ich meine Vernunft zu berathen pflegte. Ich überschüttete Biondetta mit Zuvorkommenheiten und unschuldigen Liebkosungen. Sie überließ sich ihnen mit einer Unbefangenheit, die mich bezauberte, und mit jener natürlichen Verschämtheit, die ebensowenig aus Furcht, wie aus Absicht entspringt.

Ein Monat war mir in Genüssen vergangen, die mich trunken gemacht hatten. Die völlig wiederhergestellte Biondetta konnte mich überall hin auf Spaziergängen begleiten. Ich hatte ihr ein Amazonenkleid machen lassen, und in diesem Morgenanzuge, mit einem großen Federhute bedeckt, zog sie Aller Blicke auf sich, sodaß wir uns niemals öffentlich zeigten, ohne daß mein Glück ein Gegenstand des Neides aller Derer wurde, die an schönen Tagen die reizenden Ufer der Brenta bevölkern. Ja die Frauen sogar schienen in ihrem Betreff eben die Eifersucht aufgegeben zu haben, deren man sie beschuldigt, und entweder von ihrer unableugbaren Überlegenheit überwunden, oder von ihrem Anstande entwaffnet zu sein, der da eine so gänzliche Vergessenheit ihrer Vorzüge kundgab.

Aller Welt als der begünstigte Liebhaber eines so hinreißenden Wesens bekannt, wurde ich bald ebenso stolz als verliebt, und noch übermüthiger, wenn ich mir mit dem Gedanken an ihren glänzenden Ursprung schmeichelte.

Ich konnte nicht bezweifeln, daß sie die seltensten Kenntnisse besaß, und ich war berechtigt zu vermuthen, daß es ihre Absicht war, mich damit auszustatten; aber dennoch sprach sie mit mir nur von gewöhnlichen Dingen und schien diesen andern Gegenstand ganz aus dem Gesichte verloren zu haben.

Biondetta, sagte ich eines Abends zu ihr, da wir auf der Terrasse meines Gartens lustwandelten: als Ihre, meinerseits nur allzuwenig verdienste, Neigung zu mir Sie bewog. Ihr Schicksal mit dem meinigen zu verbinden, versprachen Sie sich, mich Ihrer würdig zu machen, indem Sie mir Kenntnisse mittheilten, die nicht für Jedermann da seien. Scheine ich Ihnen nun Ihre Aufmerksamkeit nicht mehr zu verdienen? Muß nicht eine so zärtliche, so zarte Liebe wie die Ihrige verlangen, ihren Gegenstand geadelt zu sehen?

O, Alvaro! antwortete sie mir, ich bin seit sechs Monden ein Weib und es ist mir als habe meine Leidenschaft noch keinen Tag gewährt. Vergeben Sie mir, wenn die süßeste aller Regungen ein Herz trunken macht, das noch niemals Etwas empfunden. Ich wollte, ich könnte Sie lehren lieben wie ich, so würden Sie schon allein durch dieses Gefühl über Ihres Gleichen Alle erhoben werden; aber der menschliche Hochmuth strebt nach andern Genüssen. Eine natürliche Ungeduld gestattet ihm nicht, ein Glück zu ergreifen, wofern es ihm nicht die Aussicht auf ein viel größeres eröffnet. Ja, ich werde Sie unterrichten, Alvaro! Ich vergesse mit Freuden meinen Vortheil. Er will es, da ich meine Größe in der Ihrigen wiederfinden muß. Aber es ist nicht genug, daß Sie mir versprechen, mir anzugehören, Sie müssen sich mir ohne Einschränkung und für immerdar ergeben.

Wir saßen auf einer Rasenbank, unter einem Schutzdache von Geisblatt, im fernsten Theile des Gartens: ich warf mich vor ihr nieder. Liebe Biondetta! sprach ich zu ihr: Ich gelobe Ihnen eine unverbrüchliche Treue!

Nein, sagte sie, Sie kennen mich nicht. Sie kennen sich nicht: Sie müssen sich mir gänzlich hingehen. Das allein kann mich beruhigen und mir genügen.

Ich küßte ihr die Hand mit Entzücken und verstärkte meine Schwüre; sie hielt mir ihre Besorgnisse entgegen. Im Feuer des Gesprächs neigen sich unsere Köpfe zueinander, begegnen sich unsere Lippen … In dem Momente fühle ich mich am Rockschoße erfaßt und mit einer seltsamen Kraft geschüttelt …

Es war mein Hund, ein kleiner Däne, den ich geschenkt erhalten hatte. Ich ließ ihn alle Tage mit meinem Schnupftuche spielen. Weil er am vorigen Abend aus dem Hause entlaufen war, hatte ich ihn, um es zum zweitenmale zu verhüten, anbinden lassen. Er hatte eben seine Bande zernagt und mich ausgespürt, wo er mich dann am Rock zupfte, um mir seine Freude zu bezeigen und mich neckte. Ich mochte ihn mit Hand und Stimme zurücktreiben wie ich wollte, es war nicht möglich, ihn zu entfernen: er sprang und bellte so lange um mich herum bis ich, seiner

Zudringlichkeit müde, ihn beim Halsbande faßte und zum Hause zurückbrachte.

Als ich wieder zu Biondetta in die Laube kam, folgte mir ein Diener fast auf dem Fuße nach und meldete, daß angerichtet sei, worauf wir uns zu Tisch setzten. Biondetta hätte können dabei verlegen scheinen. Glücklicherweise waren wir nicht allein, ein junger Nobile brachte den Abend mit uns zu.

Am andern Morgen begab ich mich zu Biondetta, mit dem Vorsatze, ihr zu eröffnen, was für ernstliche Betrachtungen ich diese Nacht über angestellt. Sie lag noch zu Bett, ich setzte mich neben sie. Wir waren nahe daran, sagte ich, gestern eine Thorheit zu begehen, die mich mein ganzes Leben lang gereuet haben würde. Meine Mutter verlangt durchaus, daß ich mich verheirathe. Ich vermöchte keiner Andern als Ihnen anzugehören und kann doch auch keine ernste Verbindung ohne ihren Rath eingehen. Ich betrachte Sie schon als meine Gattin, liebe Biondetta, und es ist also meine Pflicht, Sie zu achten.

Muß ich Sie denn etwa nicht ebenfalls achten, Alvaro? Aber wenn dieses Gefühl das Gift der Liebe wäre? …

Sorgen Sie nicht, versetzte ich, es ist ihre Würze …

Eine schöne Würze, die Sie so kalt wie Eis wieder zu mir kommen läßt und mich selbst versteinert. Ach, Alvaro, Alvaro! Ich kenne glücklicherweise weder Vernunft noch Rücksichten, habe weder Vater noch Mutter, und will von ganzem Herzen ohne solche Würze lieben. Sie haben Pflichten gegen Ihre Mutter zu erfüllen, das ist natürlich; aber es ist schon genug, daß ihre Zustimmung die Vereinigung unserer Herzen bestätige; weshalb muß sie ihr vorangehen? Die Vorurtheile sind euch aus Mangel an Einsicht angeboren, und ihr mögt nun richtig oder unrichtig folgern, so gestalten sie euer Betragen ebenso folgewidrig, wie verwunderlich. Derweil ihr wahrhaften Pflichten unterworfen seid, legt ihr euch deren auf, die, wo nicht unmöglich, so doch unnütz zu erfüllen sind, und wollt euch kurz und gut, in der Erstrebung eines Gegenstandes von dem rechten Wege entfernen, dessen Besitz euch als der wünschenswertheste erscheint.

Unsere Verbindung, unser Verhältniß zu einander wird von eines Andern Willkür abhängig gemacht. Wer weiß, ob Donna Mencia dafür halten wird, daß ich von hinlänglich gutem Hause sei, um in die Familie der Maravillas Aufnahme zu erlangen? Und ich sollte mich vielleicht verworfen sehen? Oder anstatt, daß Sie selbst sich mir hingäben, Sie ihr zu verdanken haben? Ist es ein zu einer hohen Wissenschaft berufener Mann, der mit mir spricht, oder ein erst aus dem Gebirge von Estremadura hervorkommender Knabe? Und habe ich etwas kein Zartgefühl, da dasjenige Anderer so viel mehr als das meinige geschont wird? Alvaro! Alvaro! Man rühmt die Liebe der Spanier: sie werden zu jeder Zeit mehr Stolz und trotziges Wesen als Liebe kundgeben.

Ich hatte Auftritte mit angesehen, die außerordentlich genug waren; auf einen solchen konnte ich nicht vorbereitet sein. Ich wollte meine

Rücksicht auf meine Mutter entschuldigen: die Pflicht schriebe sie mir vor, und noch viel stärker Dankbarkeit und Anhänglichkeit. Ich wurde nicht gehört. Ich bin nicht vergeblich ein Weib geworden, Alvaro: Sie verdanken mich mir, ich will Sie Ihnen verdanken. Donna Mencia mag hernachmals ihre Billigung versagen, wenn sie eine Thörin ist. Sagen Sie mir nichts mehr davon! Seitdem Sie mich und sich und alle Welt achten, werde ich noch unglücklicher als ich war, da Sie mich haßten. Und hierauf hub sie zu schluchzen an.

Glücklicherweise bin ich stolz, und dies Gefühl bewahrte mich vor der Schwäche, die mich verleiten wollte, Biondetten zu Füßen zu fallen, um womöglich ihren unvernünftigen Zorn zu beschwichtigen und die Thränen zu stillen, deren bloßer Anblick mich in Verzweiflung stürzte. Ich ging von ihr in mein Cabinet. Hätte mich Einer darin angekettet, so würde er mir einen Dienst geleistet haben. Zuletzt lief ich zu meiner Gondel, weil ich den Ausgang des Kampfes fürchtete, den ich bestand: eine von Biondetta's Frauen begegnete mir unterwegs. Ich gehe nach Venedig, sagte ich ihr. Meine Anwesenheit dort ist in dem gerichtlichen Verfahren nöthig, das ich gegen Olympia eingeleitet habe. Und sogleich fahre ich ab, der peinlichsten Unruhe preisgegeben, und mit Biondetta, noch mehr aber mit mir selbst unzufrieden, weil ich erkennen mußte, daß mir nur erniedrigende und verzweifelte Auswege übrig blieben.

Ich komme zur Stadt und halte am ersten Aussteigeplatze an. Ich durchlaufe ganz verstört alle Straßen, die nur im Wege liegen, und nehme nicht wahr, daß ein furchtbares Donnerwetter auf mich einzubrechen droht und daß ich Ursache habe, mich nach einem Obdach umzusehen.

Es war eben Mitte Juli. Bald wurde ich von einem Regengusse überrascht, der mit Hagel herabstürzte.

Ich sehe vor mir eine Thür offen stehen. Es war die Kirchpforte des großen Franciscanerklosters; ich flüchte mich da hinein.

Mein erster Gedanke war, daß es eines solchen Unfalles bedurft hatte, um mich zum erstenmale seit meinem Aufenthalte auf dem Gebiete der Republik wieder in eine Kirche zu bringen; der nächste, daß ich mich wegen dieses gänzlichen Vergessens meiner Pflichten vor mir selbst rechtfertigte.

Um kurz zu sein: meinen Gedanken zu entfliehen, betrachte ich die Gemälde und Denkmäler, die in dieser Kirche aufgestellt sind: eine Art Entdeckungsreise, die ich rings um Schiff und Chor herum mache.

So gelange ich endlich in eine tiefe von einer Lampe erhellte Capelle, in die kein Tageslicht dringen kann: meine Blicke treffen auf etwas Hervorstechendes im Hintergrunde der Capelle; es war ein Denkmal.

Zwei Genien senkten eine weibliche Figur in ein Grab von schwarzem Marmor, zwei andere Genien vergossen daneben Thränen. Die Figuren waren von weißem Marmor und ihr von dem Gegensatze erhöhter Glanz schien, indem er den schwachen Lampenschimmer zurückstrahlte, einen ihnen angemessenen Tag um sie hervorzurufen und der Tiefe der Capelle selbst ihr Licht zu geben.

Ich trat näher: ich betrachtete die Figuren; sie scheinen mir vom schönsten Ebenmaße, voll Ausdruck und von hoher Vollendung zu sein. Ich richte mein Auge auf den Kopf der Hauptfigur. Wie wird mir? Ich glaube das Bildniß meiner Mutter zu sehen. Ein lebhafter, inniger Schmerz, eine heilige Ehrfurcht ergreifen mich. O, meine Mutter! Soll ich also durch diesen kalten Stein, der deine theuern Züge geliehen hat, daran gemahnt werden, daß meine geringe Zärtlichkeit gegen dich und mein ausschweifender Lebenswandel dich in das Grab stürzen werden? O, du würdigste aller Frauen! So verwirrt auch dein Alvaro ist, hat er dir dennoch deine Gewalt über sein Herz nicht entzogen. Ehe er dir den Gehorsam aussagte, den er dir schuldig ist, würde er lieber tausendmal sterben: er ruft zum Zeugen dessen diesen unempfindlichen Marmor an. Ach! ich werde von der allergrausamsten Leidenschaft verzehrt, und es ist mir forthin unmöglich, sie zu beherrschen. Du sprichst hier zu meinen Augen: Sprich, o, sprich zu meinem Herzen! Und wenn ich sie daraus scheiden soll, so lehre mich es vollbringen, ohne daß es mir das Leben kostet.

Indem ich diese dringende Beschwörung mit Kraft aussprach, hatte ich mich mit dem Antlitz zu Boden geworfen und erwartete in dieser Lage die Antwort, die ich in meiner Begeisterung fast gewiß war, zu empfangen.

Ich bedenke jetzt, was ich damals nicht im Stande war zu thun, daß wir zu allen Zeiten, wo wir einer außerordentlichen Hülfe bedürfen, um unser Thun und Lassen zu bestimmen, sie nur mit rechter Innigkeit ansprechen müssen, weil wir dann auch für den Fall, daß wir nicht erhört werden, doch wenigstens, indem wir uns sammeln, um sie anzunehmen, den Vortheil davon tragen, alle Hülfsquellen unserer eigenen Klugheit gelten zu machen. Ich hätte verdient, von der meinigen im Stiche gelassen zu werden, und sie gab mir diesen Rath: du mußt die Erfüllung einer Pflicht und einen beträchtlichen Raum zwischen deine Leidenschaft und dich schieben: so werden dich die Ereignisse aufklären.

Wohlan! sprach ich, mich rasch erhebend, ich will mein Herz meiner Mutter aufschließen und mich noch einmal zu dieser geliebten Zufluchtstätte retten.

Ich begebe mich nach meinem gewöhnlichen Gasthause, treibe einen Wagen auf, und schlage, ohne mich mit Gepäck zu beschweren, die Straße nach Turin ein, um mich durch Frankreich nach Spanien zu begeben. Zuvörderst füge ich zu einer Anweisung auf dreihundert Zechinen auf die Bank, den nachstehenden Brief:

An meine geliebte Biondetta.

Ich entreiße mich Ihnen, meine Theuerste! und würde mich also dem Leben entreißen, wenn nicht die Hoffnung baldigster Rückkunft mein Herz tröstete. Ich besuche meine Mutter: von Ihrem holdseligen Bilde beseelt werde ich sie überreden und mit ihrer Billigung sodann wieder ehren, um eine Verbindung einzugehen, in der meine Glück beruht. Zufrieden, meine Pflicht erfüllt zu haben, ehe ich mich der Liebe gänzlich hingegeben, wenn ich mein ganzes übriges Leben Ihnen widmen. Sie werden einen Spanier kennen lernen, meine Biondetta; Sie werden aus seinem Betragen abnehmen, daß, wenn er den Forderungen der Ehre und des Blutes genügt, er doch auch ebenso andere Verpflichtungen zu befriedigen versteht. Wenn Sie die guten Folgen seiner Vorurtheile sehen, werden Sie das Gefühl, welches ihn damit verknüpft, nicht Stolz nennen. Ich kann an Ihrer Liebe nicht zweifeln: Sie hatte mir einen unbedingten Gehorsam zugesagt. Ich werde sie noch vollkommener aus dieser kleinen Nachgiebigkeit gegen Absichten erkennen, die nichts Anderes zum Gegenstande haben, als unsere gemeinsame Glückseligkeit. Ich sende Ihnen hierbei was etwa zum Unterhalte unseres Hauswesens von nöthen ist, und werde Ihnen ferner aus Spanien zukommen lassen, was ich Ihnen nur Ihrer irgend Würdiges bieten kann, bis daß die leidenschaftlichste Zärtlichkeit mit auf der Welt Ihnen auf immerdar Ihren Sclaven wiedergibt.

Ich befinde mich auf dem Wege nach Estremadura. Es war eben die schönste Jahreszeit und Alles schien meiner ungeduldigen Sehnsucht nach dem Wiederanblicke meines Vaterlandes entgegenzukommen. Ich entdeckte schon die Thürme von Turin, als eine übel zugerichtete Postchaise meinen Wagen überholt, anhält und mich hinter ihrem Schlage ein Frauenzimmer sehen läßt, das mir Zeichen gibt und sich anschickt, herauszuspringen.

Mein Postillon hält von selbst an; ich steige aus und empfange Biondetta in meinen Armen, in denen sie ohnmächtig und bewußtlos liegen bleibt. Sie hatte nur die wenigen Worte sagen können: Alvaro, Sie haben mich verlassen!

Ich trage sie in meine Chaise, an den einzigen Ort, wo ich sie bequem niederlassen konnte, und die zum Glück zweisitzig war. Ich thue mein Möglichstes, ihr das Athemholen zu erleichtern, indem ich sie von den Kleidungsstücken befreie, die sie daran hindern, und sie also in meinen Armen haltend, setze ich meinen Weg in einem Zustande fort, den man sich vorstellen mag.

Wir halten in dem ersten Gasthause, das einiges Ansehen hat, still: ich lasse Biondetta in das beste Zimmer tragen: lasse sie auf ein Bett bringen und sehe mich neben sie. Ich hatte geistige Wasser und Elixire herbeibringen lassen, die geeignet wären, eine Ohnmacht zu heben. Endlich schlägt sie die Augen auf.

Man hat noch einmal meinen Tod gewollt, spricht sie, dem soll genügt werden. Wie ungerecht! erwiedere ich: eine Laune hält Sie ab, überlegte und nothwendige Schritte von meiner Seite zu billigen. Ich laufe Gefahr, meine Pflicht zu verletzen, wenn ich nicht stark genug bin, Ihnen zu widerstehen, und setze mich damit Unannehmlichkeiten und Gewissensbissen aus, die die Ruhe unserer Verbindung beeinträchtigen würden. Ich entschließe mich zur Flucht, um die Einwilligung meiner Mutter einzuholen …

Und warum lassen Sie mich Ihren Willen nicht wissen, Grausamer? Bin ich nicht dazu geschaffen, Ihnen zu gehorchen? Ich würde Sie begleitet haben. Aber mich allein und schutzlos zurückzulassen, mich der Rache der Feinde preiszugeben, die ich mir um Ihretwillen gemacht, mich den demüthigendsten Kränkungen durch Ihre Schuld ausgesetzt zu sehen …

Erklären Sie sich, Biondetta; sollte Jemand gewagt haben? …

Und was hätte er denn mit einem armen Geschöpfe meines Gleichen zu wagen, das ohne Heimath, Freund und Herrn ist! Der verruchte Bernardillo war uns von Venedig gefolgt: kaum sind Sie verschwunden und hat er Sie nicht mehr zu fürchten, als er, zwar ohnmächtig gegen mich, seitdem ich Ihnen angehöre, aber im Stande, meine Diener zu beunruhigen, Ihr Haus an der Brenta von Trugbildern, die er hervorgerufen hat, belagern läßt. Meine erschreckten Zofen verlassen mich. Einem allgemeinen Gerüchte nach, das viele Briefe bestätigen, hat ein Kobold einen Capitain von der Garde des Königs von Neapel nach Venedig entführt. Man versichert, ich sei der Kobold und das wird fast von allen Anzeichen erwiesen. Jedermann geht mir mit Entsetzen aus dem Wege. Ich flehe um Hülfe und Mitleid, ich finde es nicht. Zuletzt verschafft mir Gold, was man der Menschlichkeit vorenthalten hat. Man verkauft mir zu hohem Preise eine schlechte Chaise, ich finde Wegweiser, Postillone; ich folge Ihnen …

Meine Festigkeit wäre durch die Erzählung von Biondetta's Unfällen beinahe erschüttert worden.

Ich konnte Ereignisse solcher Art nicht vorhersehen, sagte ich zu ihr. Ich hatte gesehen, daß alle Bewohner der Ufer der Brenta Ihnen mit Achtung und Aufmerksamkeit begegneten, die Ihnen so wohlerworben zu sein schien: konnte ich mir einbilden, daß man sie Ihnen in meiner Abwesenheit streitig machen würde? O Biondetta! Sie sind so aufgeklärt: konnten Sie nicht voraussehen, daß Sie mich zu verzweifelten Entschlüssen treiben mußten, indem Sie so vernünftigen Absichten wie den meinigen entgegenhandelten? Warum …?

Kann man es denn immer über sich gewinnen, nicht zu widersprechen? Ich bin zwar ein Weib aus eigener Wahl, Alvaro, aber doch immer ein Weib, dem ausgesetzt, für alle Eindrücke empfänglich zu sein; ich bin nicht von Marmor. Ich habe zu der Bildung meines Körpers zwischen den Zonen Urstoff ausgewählt, der sehr leicht erregbar ist; wäre er es nicht, so würde ich des Gefühls ermangeln und Ihnen gleichgültig sein, indem Sie mir keines einflößten. Vergeben Sie mir, daß ich es habe darauf ankommen lassen, alle Unvollkommenheiten meines Geschlechts mit anzunehmen, um wo möglich alle Reize desselben in mir zu vereinigen. Aber die Thorheit ist geschehen, und einmal so beschaffen, wie ich gegenwärtig bin, sind meine Empfindungen von einer Lebhaftigkeit, der nichts zu vergleichen: meine Einbildungskraft ist ein Vulkan. Ich besitze mit einem Worte Leidenschaften, deren Heftigkeit Sie allerdings erschrecken dürfte, wenn Sie nicht eben der Gegenstand der allerungestümsten wären, und wenn wir uns nicht besser auf die Principien und Wirkungen solch natürlicher Regungen verständen, als man dieselben in Salamanca erkennt. Man gibt ihnen da gehässige Namen, spricht wenigstens davon, sie zu ersticken. Eine himmlische Flamme zu ersticken, die einzige Schwungkraft, vermöge der Seele und Körper wechselseitig auf einander einwirken und sich nöthigen können, die erfoderliche Verbindung zwischen sich aufrecht zu erhalten! Das ist sehr unverständig, mein lieber Alvaro! Man muß wol diese Regungen lenken, aber ihnen auch jezuweilen nachgeben; wenn man sie durchkreuzt; wenn man sie empört, entfliehen sie alle mit einander, sodaß dann die Vernunft nicht mehr weiß, wo sie sich festsetzen soll, um zu herrschen. Schonen Sie mich in diesen Augenblicken, Alvaro; ich bin erst sechs Monate alt und von Allem was ich empfinde enthusiasmirt. Bedenken Sie, daß eine abschlägige Antwort, ein einziges Wort', das Sie mir unbedachterweise sagen, die Liebe kränkt, den Stolz empört, Verdruß, Mißtrauen, Furcht erweckt: was sage ich? ich sehe schon meinen armen Kopf verdreht und meinen Alvaro ebenso unglücklich werden, wie mich!

O, Biondetta! erwiederte ich, man kommt bei Ihnen nicht aus dem Staunen heraus; ich meine die Natur selbst in den Bekenntnissen zu erkennen, die Sie mit von Ihren Neigungen machen. Wir werden einen Beistand gegen sie in unserer gegenseitigen Zärtlichkeit finden. Und was haben wir nicht auch sonst noch von dem Rathe der würdigen Mutter zu erhoffen, die uns mit offenen Armen empfangen wird? Sie wird Sie zärtlich liebgewinnen, das sehe ich kommen, und es wird sich Alles vereinigen, uns glückliche Tage zu bereiten …

Ich muß wollen, was Sie wollen, Alvaro. Ich kenne mein Geschlecht besser, und hoffe nicht so viel, wie Sie; aber ich will Ihnen folgen, Ihnen zu gefallen, und ergebe mich drein.

Zufrieden mit der Zustimmung und in Gesellschaft derjenigen, die meine Vernunft und Sinne befangen hatte, nach Spanien unterwegs zu sein, suchte ich eiligst über die Alpen hinweg, nach Frankreich zu kommen; es schien jedoch, als ob der Himmel mir entgegen wäre, seitdem ich mich nicht mehr allein befand: schreckbare Unwetter hielten meine Reise auf und machten die Wege schlecht, die Pässe unzugänglich. Die Pferde ermüden, und mein anscheinend neuer und wohl in Stand gesetzter Wagen wird mit jeder Station zerbrechlicher, sodaß es bald an der Achse, bald am Gestelle, bald an den Rädern fehlt. Endlich, nach unendlichen Umwegen, erreiche ich den Engpaß von Tende.

Bei aller Unruhe und Verlegenheit, die mir eine so unangenehme Reise bereiteten, bewunderte ich doch Biondetta's Persönlichkeit. Sie war nicht mehr das zärtliche, betrübte oder leidenschaftliche Weib, wie ich sie schon gesehen hatte; es schien, als wollte sie meine Sorgen zerstreuen, indem sie sich den Ausbrüchen der lebhaftesten Fröhlichkeit überließ und mir glauben machen, kein Ungemach schrecke sie. All dies anmuthige Getändel war mit allzuverführerischen Liebkosungen untermischt, als daß ich mich ihnen hätte entziehen können: ich überließ mich ihnen, wenn auch mit Zurückhaltung: mein gekränkter Stolz bezähmte die Heftigkeit meines Verlangens.

Sie las zu gut in meinen Augen, um nicht meine Verwirrung zu erkennen und noch zu steigern. Ich kam in Gefahr: ich muß es gestehen. Einmal besonders weiß ich nicht, was aus dem Vorsatze meines Ehrgefühls geworden wäre, wenn wir nicht ein Rad gebrochen hätten. Das diente mir für die Zukunft einigermaßen als Warnung.

Nach unglaublichen Beschwerlichkeiten langten wir in Lyon an. Ich willigte aus Rücksicht für sie ein, daselbst einige Tage zu rasten. Sie machte mich auf die ungezwungenen, leichten Sitten der Franzosen aufmerksam. In Paris, bei Hofe, wünschte ich, daß Sie sich niederließen. Sie würden da alle möglichen Hülfsquellen antreffen, und Alles vorstellen können, was Ihnen gefiele. Ich habe sichere Mittel und Wege, Sie die größte Rolle spielen zu lassen; die Franzosen sind galant. Wenn ich meine Persönlichkeit nicht überschätze, so würde mir huldigen, was es nur Ausgezeichnetes unter ihnen gibt, und ich wollte Alle meinem Alvaro aufopfern. Welch schöner Triumph für die spanische Eitelkeit!

Ich nahm diesen Vorschlag als Scherz auf. Nein, sagte sie: es ist damit mein voller Ernst ...

Also schnell nach Estremadura weiter! antwortete ich, auf der Rückkehr wollen wir dem französischen Hofe die Gemahlin des Don Alvaro Maravillas vorstellen; denn es würde doch nicht eben schicklich für Sie sein, sich ihm als Abenteurerin zu zeigen ...

Ich bin auf dem Wege nach Estremadura, sagte sie, und muß wol erwarten, an diesem Ziele mein Glück zu treffen: wie sollte ich darum nicht verlangen, bald hin zu kommen?

Ich sah und erkannte ihren Widerwillen; aber ich verfolgte mein Ziel und befand mich bald auf spanischem Gebiete. Unvorhergesehene Hindernisse, Schluchten, grundlose Fahrgleise, betrunkene Maulthiertreiber, stätige Thiere gaben mir hier noch mehr zu schaffen als in Piemont und Savoyen.

Man hat über spanische Wirthshäuser viel und mit Recht geklagt; des ungeachtet fühlte ich mich sehr glücklich, wenn das den Tag über erlittene Ungemach mich nicht nöthigte, auch noch einen Theil der Nacht auf freiem Felde, oder in einer abgelegenen Scheune zuzubringen.

Was für ein Land suchen wir auf, sagte sie, nach dem zu urtheilen, was wir zu erdulden haben! Sind wir noch weit davon?

Sie befinden sich in Estremadura, versetzte ich, und zwar höchstens nur zehn Stunden noch vom Schlosse Maravillas entfernt …

Wir kommen ganz gewiß nicht hin; der Himmel verwehre uns den Zugang. Sehen Sie, was für Dunstmassen an ihm aufsteigen!

Ich sah zum Himmel empor, und er hatte mir noch niemals so drohend geschienen. Ich machte Biondetta bemerklich, die Scheuer, bei der wir uns befanden, könne uns gegen das Wetter schützen.

Wird sie uns auch vor dem Wetterstrahle Schutz verleihen? fragte sie …

Was kümmert Sie der Wetterstrahl, die Sie gewohnt sind, in den Lüften zu leben, die Sie ihn so oft haben entstehen sehen und seinen physischen Grund so wohl kennen müssen?

Ich würde ihn nicht fürchten, wenn ich diesen weniger kennte: ich habe mich aus Liebe zu Ihnen den natürlichen Zufällen unterworfen und scheue sie, weil sie tödten und eben natürlichen Ursprungs sind.

Wir saßen auf zwei Haufen Stroh, an den entgegengesetzten Enden der Scheuer. Inzwischen kommt das Gewitter, nachdem es von Weitem gegrollt hatte, näher und tobt fürchterlich. Der Himmel glich einer ungeheuren Kohlenpfanne, in die aus tausend verschiedenen Richtungen die Winde blasen. Die von den Höhlen der benachbarten Berge wiederholten Donnerschläge erschollen gewaltig rings um uns her. Sie folgten nicht aufeinander, sie schienen aneinander zu stoßen. Sturm, Hagel, Regen wetteiferten, wer von ihnen den meisten Graus zu dem erschreckenden Schauspiele fügen möchte, das unsere Sinne zerstörte. Ein Blitz fuhr hernieder, der unsere Zufluchtsstätte zu treffen schien. Ein entsetzlicher Schlag erfolgte darauf. Mir zugedrückten Augen, die Ohren mit den Fingern verstopfend, stürzte sie in meine Arme: Ach, Alvaro! ich bin verloren …

Ich will sie beruhigen. Legen Sie die Hand auf mein Herz, sagt sie. Sie führt sie mir zu ihrer Brust, und wiewohl sie sich irrte und sie auf eine Stelle legte wo die Schläge nicht am fühlbarsten sein konnten, so unterschied ich doch, daß ihre Aufregung außerordentlich war. Sie schloß mich mit aller Kraft und bei jedem Blitzstrahle inniger in ihre Arme. Zuletzt erdröhnte ein Schlag noch weit furchtbarer als alle vorhergegangenen: Biondetta schützte sich vor ihm auf eine Weise, daß er, wenn er einschlug, sie nicht treffen konnte, ohne vorher mich selbst getödtet zu haben.

Diese Wirkung der Furcht kam mir sonderbar vor und ich begann, mich nicht vor den Schlägen des Donnerwetters, sondern vor den Anschlägen ihres Kopfes zu fürchten, die darauf abzielten, den Widerstand zu besiegen, den ich ihren Absichten mit mir leistete. Obgleich mehr als ich sagen könnte außer mir, stehe ich doch auf und sage: Biondetta, Sie wissen nicht, was Sie thun. Beschwichtigen Sie Ihre Furcht, dies Getöse bedroht weder Sie noch mich.

Mein Phlegma mußte sie überraschen; aber sie konnte mir ihre Gedanken verhehlen, indem sie eine fortwährende Unruhe erheuchelte. Glücklicherweise war die Kraft des Gewitters gebrochen. Der Himmel hellte sich auf, und nicht lange, so verkündigte uns der Mondschein, daß wir vom Kampf der Elemente nichts mehr zu besorgen hatten.

Biondetta verblieb auf der Stelle, an der sie sich eben befand. Ich setzte mich neben sie, ohne ein Wort zu sprechen: sie that als schliefe sie, und ich verlor mich in so schwermuthvolles Nachdenken, wie noch seit dem Beginnen meines Abenteuers nicht, über die nothwendigerweise übeln Folgen meiner Leidenschaft. Ich will nur das Thema meiner Betrachtungen nennen: Meine Geliebte war reizend; aber ich wollte sie zu meiner Frau machen.

Der Tag betraf mich noch bei diesen Gedanken, und ich stand auf, um nachzusehen, ob ich wohl meine Reise würde fortsetzen können. Dies fiel mir für den Augenblick unmöglich. Der Eseltreiber, der meine Kalesche fuhr, sagte mir, seine Mäuler seien vor der Hand untauglich, sie fortzuschaffen. In dieser Verlegenheit trat Biondetta zu mir.

Ich fing schon an, die Geduld zu verlieren, als ein Mann mit einem unheimlichen Gesichte, aber von kraftvollem Körperbau am Eingange der Meierei sich zeigte, wie er zwei ansehnliche Maulthiere vor sich hintrieb. Ich schlug ihm vor, mich vollends nach Hause zu bringen, er kannte den Weg und wir wurden wegen des Lohnes Handels eins.

Ich wollte eben wieder in meinen Wagen steigen, als ich eine Bäuerin mit einem Knechte quer über den Weg gehen sah, die mir bekannt vorkam. Ich trat auf sie zu, faßte sie scharf in's Auge: Es war Bertha, eine ehrbare Pächterin meines Dorfs, die Schwester meiner Amme. Ich rufe sie an, und sie bleibt stehen und sieht mich ihrerseits, wiewol mit Bestürzung, an. Ei was! Sind Sie es, spricht sie, gnädiger Herr Don Alvaro? Was suchen Sie an einem Orte, wo Ihr Verderben Ihnen zugeschworen ist? wo Sie Alles in Trostlosigkeit versetzt haben? …

Ich, meine gute Bertha? was habe ich verbrochen? …

Ach, Herr Don Alvaro: wirft denn Ihr Gewissen Ihnen die traurige Lage gar nicht vor, in der Ihre würdige Mutter, unsere gute Herrin, sich befindet? Sie liegt im Sterben …

Sie liegt im Sterben! … schrie ich.

Ja, fuhr sie fort, in Folge des Kummers, den Sie ihr gemacht haben; in dem Augenblicke, da ich von ihr rede, kann sie schon nicht mehr am Leben sein. Sie hat aus Neapel und Venedig Briefe erhalten. Man hat ihr ganz erschreckliche Dinge geschrieben. Unser guter Herr, Ihr Bruder, ist sehr aufgebracht: er sagt, er werde Sie allerwegs verfolgen lassen, Sie anklagen, Sie selbst ausliefern …

Schon gut, Frau Bertha, wenn Ihr wieder nach Maravillas geht und vor mir dahin kommen solltet, so thut nur meinem Bruder zu wissen, er werde mich alsbald vor sich sehen.

Und da die Kalesche angespannt ist, so gebe ich zu gleicher Zeit Biondetta die Hand und verberge die Verwirrung meiner Seele hinter dem äußern Anscheine von Festigkeit. Wie! spricht sie mit Entsetzen, so wollen wir uns Ihrem Bruder in die Hände geben? durch unsere Gegenwart eine erbitterte Familie, gekränkte Unterthanen noch mehr ausbringen? …

Ich kann meinen Bruder nicht fürchten, Madame, wirft er mir ein Unrecht vor, das ich nicht begangen habe, so kommt es darauf an, daß ich ihn enttäusche; habe ich es dagegen begangen, so muß ich mich entschuldigen und habe Ansprüche auf sein Mitleiden und seine Nachsicht, da mein Herz davon nichts weiß. Habe ich durch meinen unordentlichen Lebenswandel meine Mutter in das Grab gestürzt, so muß ich das gegebene Ärgerniß wieder gut machen, indem ich ihren Verlust so laut beweine, daß die Aufrichtigkeit und Offenkundigkeit meiner Reue Angesichts von ganz Spanien den Flecken austilgen, den mein Mangel an kindlichem Gefühle meinem Geblüte aufgedrückt hat.

Ach, Don Alvaro! Sie rennen Ihrem und meinem Verderben entgegen. Diese von allerwälts her geschriebenen Briefe, diese so rasch und angelegentlich verbreitete üble Nachrede, sind eine Folge unserer Abenteuer und der Nachstellungen, die ich schon in Venedig erfahren habe. Der treulose Bernardillo, den Sie nicht genugsam kennen, treibt sein Wesen mit Ihrem Bruder und wird ihn noch dahin bringen …

Ei! was habe ich von Bernardillo und von allen Schurken auf Erden zu fürchten? Ich bin mein einziger Feind, Madame, den ich zu fürchten habe. Man wird meinen Bruder nimmermehr zu blinder Rache, Ungerechtigkeit und Handlungen verleiten, die eines verständigen, muthvollen Mannes, eines Edelmannes, mit Einem Worte, unwürdig sind.

Auf diese ziemlich lebhafte Unterredung trat ein Stillschweigen ein, das für Eines und das Andere hätte peinlich werden können; aber Biondetta fing wenige Augenblicke nachher an, schläfrig zu werden, und entschlummerte bald völlig. Konnte ich umhin, sie zu betrachten? Konnte ich sie ohne Rührung ansehen? Aller Reichthum der Jugend, und Schönheit prangte auf diesem Angesichte, und zu der natürlichen Anmuth der Ruhe gesellte der Schlummer noch jene lebhafte liebliche Frische, die alle Züge verschmilzt. Ein neuer Zauber überkommt mich: er entfernt mein Mißtrauen und hebt meine Unruhe auf, oder wenn er deren dennoch ein Theil in mir läßt, so ist sie nur darum rege, daß der Kopf des Gegenstandes meiner Leidenschaft, der von den Stößen des Wagens hin- und hergeworfen wird, durch das Ungestüm und die Heftigkeit der Reibung nicht leide. Ich beschäftige mich nur noch damit, sie zu stützen und zu schützen. Aber wir erleiden einen so derben Stoß, daß es mir unmöglich fällt, seine Wirkung auf sie zu lindern. Biondetta stößt einen Schrei aus und wir werfen um. Die Achse war zerbrochen; glücklicherweise waren die Maulthiere stehen geblieben. Ich mache mich los, ich springe mit den lebhaftesten Besorgnissen Biondetta bei. Sie hatte nur eine leichte Quetschung am Elbogen davongetragen und wir befinden uns alsbald im freien Felde auf den Füßen, wiewohl der vollen Hitze der Mittagssonne ausgesetzt, und zwar auf fünf Stunden weit von dem Schlosse meiner Mutter, ohne, wie es den Anschein hatte, es möglich machen zu können, uns dahin zu begeben, denn es ward unsern Blicken mich nicht eine menschliche Wohnung sichtbar.

Auf wiederholtes angestrengtes Umherspähen glaube ich indessen in der Entfernung einer Stunde Rauch wahrzunehmen, der hinter einem mit einzelnen hohen Bäumen untermischten Gehau aufsteigt. Ich vertraue nunmehr meinen Wagen der Obhut des Maulthiertreibers an, und fodere Biondetta auf, mit mir nach der Richtung hinzugehen, wo sich mir die Aussicht auf Hülfe eröffnet.

Je weiter wir vorschreiten, desto mehr verstärkt sich unsere Hoffnung. Schon theilt sich das kleine Gebüsch, wie wir erkennen, in zwei Hälften und bildet einen Baumgang, an dessen Ende sich einige bescheidene Gebäude zeigen: kurz, ein ansehnlicher Meierhof begrenzt den Hintergrund.

An diesem übrigens abgelegenen Orte scheint Alles in Bewegung zu sein. Sobald man uns wahrnimmt, tritt ein Mann aus der Menge uns entgegen. Er begrüßt uns mit Höflichkeit. Sein Ansehen ist ehrbar. Er ist mit einem schwarzatlasnen, an den Einschnitten feuerfarben besetzten Wamms bekleidet, welches silberne Tressen ausschmücken. Sein Alter scheint fünfundzwanzig bis dreißig Jahre zu sein. Seine Gesichtsfarbe kündigt den Landmann an, durch den Sonnenbrand schimmert Frische und verräth Lebenskraft und Gesundheit.

Ich unterrichte ihn von dem Unfalle, der mich zu ihm bringt. Gnädiger Herr, versetzt er, Sie sind mir jederzeit willkommen, und befinden sich unter wohlwollenden Leuten. Ich habe hier eine Schmiede, darin soll Ihre Achse ausgebessert werden; aber heute könnten Sie mir alles Gold des erlauchten Herzogs von Medina Sidonia, meines Gebieters, geben, und es würde doch weder ich noch einer der Meinigen Hand anlegen. Wir kommen aus der Kirche, meine Braut und ich: dies ist der schönste Tag unseres Lebens. Treten Sie herein. Wenn Sie die Neuvermählte, meine Verwandten, Freunde, Nachbarn sehen, die ich bewirthen muß, so werden Sie selbst erkennen, daß ich heute unmöglich arbeiten lassen kann. Übrigens, wenn die gnädige Frau und Sie die Gesellschaft von Leuten nicht verschmähen, deren Gleichen ihrer Hände Arbeit ernährt, so lange die Monarchie besteht, so kommt es nur auf Sie an, ob Sie an unserm heutigen Glücke und unsern Freuden theilnehmen und sich mit uns zu Tische setzen wollen. Morgen denken wir dann an Ihre Angelegenheit! Zu gleicher Zeit gibt er Befehl, meinen Wagen herbei zu schaffen.

So bin ich denn bei Marcos, dem Pächter des Herzogs, zu Gaste, und wir treten in den zum Hochzeitschmause eingerichteten Raum, der, an das Hauptwohngebäude stoßend, den ganzen innern Hof einnimmt, und zwar ein großes Laubgewölbe mit Bogengängen ist, an denen Blumengewinde herabhangen. Die Aussicht darunter hervor wird zunächst von den beiden kleinen Gebüschen begrenzt, und verliert sich sodann durch den Baumgang hin, in der anmuthigen Ferne.

Der Tisch war gedeckt und besetzt. Luise, die Neuvermählte, sitzt zwischen Marcos und mir. Biondetta Marcos zur Seite. Die Väter und

Mütter und andern Verwandten uns gegenüber; das junge Volk an beiden Enden der Tafel.

Die Braut schlug ihre großen schwarzen Augen nieder, die nicht dazu geschaffen waren, verstohlen zu blicken und schelte und erröthete über Alles, was man ihr sagte, selbst über gleichgültige Dinge.

Im Anfange des Mahles herrschte Ernst vor: dem Charakter des Volkes gemäß. Nach Maßgabe jedoch, daß die um die Tafel herumgestellten gefüllten Schläuche zusammenschrumpften, verschwand auch die Feierlichkeit von den Gesichtern. Alles belebte sich, als auf einmal die improvisirenden Dichter der Gegend beim Schmause erschienen. Es waren Blinde, die die folgenden Strophen zu ihren Guitarren absangen:

Sprach einst Marcos zu Louisen:
Nimm mein Herz und meine Treu.
Davon weitre Rede sei,
Sprach sie, zu des Altars Füßen.
Dorten dann mit Blick und Mund,
Gaben sie sich Beide kund
Ihrer reinen Liebe Schwur; ja,
Wer da sonst begierig, wißt,
Eheglück zu finden, ist,
Suche in Estremadura.

Marcos hat der Neider viele,
Denn Louis' ist schön und klug,
Aber ohne weitern Trug
Bringt ihn sein Verdienst zum Ziele.
Alle rühmen auf einmal
Ihrer Beider weise Wahl
Und so keusche Flamme nur; ja,
Wer da sonst begierig, wißt,
Eheglück zu finden, ist,
Suche in Estremadura.

Ja, von süßen Banden werden
Beider Herzen jetzt umfaßt,
Und es finden ihre Herden
In demselben Pferche Rast.
Ihre Freuden und ihr Bangen,
Leid und Sorgen und Verlangen
Folgen alle einer Spur; ja,
Wer da sonst begierig, wißt,
Eheglück zu finden, ist,
Suche in Estremadura.

Derweil man diesem Gesange zuhörte, der nicht minder einfach war, als diejenigen, für die er veranstaltet zu sein schien, machten sich die sämmtlichen Knechte des Meierhofs, nachdem sie bei Tische aufgewartet hatten, mit einigen Zigeunern und Zigeunerinnen, die man zur Ergötzung der Gäste herbeigeholt, über die Überbleibsel des Mahles her. Sie bildeten unter den Bäumen des breiten Zuganges gleich belebte wie mannichfaltige Gruppen und verschönerten unsere Aussicht.

Biondetta suchte unablässig meine Blicke auf und nöthigte sie, sich diesen Gegenständen, die sie auf das angenehmste zu unterhalten schienen, zuzuwenden, indem sie mir gleichsam vorwarf, daß ich daran kein ebenso großes Vergnügen wie sie selbst empfand.

Indessen hatte der Schmaus den jungen Leuten schon zu lange gewährt, sie erwarteten den Ball. Ältere Leute müssen nachsichtig und gefällig sein. Die Tafel wird abgedeckt, die Breter aus denen sie bestand, die Fässer, worauf diese ruhten, werden bei Seite geschafft und dienen den Musikern nunmehr zu Gerüst und Gestelle … Man spielt den sevillaner Fandango, und die jungen Zigeuner führen ihn mit ihren Castagnetten und baskischen Trommeln auf; die Hochzeitgäste vermischen sich mit ihnen und ahmen ihnen nach: der Tanz wird allgemein.

Biondetta scheint das Schauspiel mit den Augen zu verschlingen. Ohne von ihrem Platze zu weichen, folgt sie allen Bewegungen nach, die sie machen sieht. Ich glaube, spricht sie, ich konnte rasend gern tanzen; und es dauert nicht lange, so ist sie dabei und zwingt mich, auch theilzunehmen.

Sie zeigt sich anfänglich ein wenig verlegen und selbst ungeschickt, alsbald aber findet sie sich darein und scheint nunmehr mit Anmuth und Kraft ebenso viele Leichtigkeit und Genauigkeit zu vereinigen. Sie erhitzt sich, sie braucht ihr Schnupftuch, meines, welches ihr zuerst in die Hand kommt: sie hält nur so lange inne, bis sie sich abgetrocknet.

Das Tanzen war nie meine Leidenschaft und meine Seele empfand zu keiner Zeit Behagen genug, mich solch eitlem Vergnügen hinzugeben. Ich entschlüpfe und entferne mich in einen Winkel des Laubdaches, wo ich einen Ort suche, an dem ich niedersitzen und träumen kann.

Ein ziemlich lautes Geschwätz stört mich und fesselt wider meinen Willen meine Aufmerksamkeit. Zwei Stimmen ertönen hinter mir. Ja, ja, sprach die eine, es ist ein Kind des Planeten. Er wird nach Hause kommen. Sieh, Zoradilla, er ist am dritten März, drei Uhr Morgens geboren … Ja, wahrhaftig, Lelagisa, versetzte die andere, wehe den Kindern Saturns, der hier ist im Jupiter geboren, als Mars und Mercur in dreifacher Conjunction mit Venus waren. O, der schöne Jüngling! Wie ihn die Natur begünstigt hat. Was für Hoffnungen darf er fassen! Welch ein Glück könnte er machen! aber …

Ich wußte die Stunde meiner Geburt und hörte sie also mit der seltsamsten Genauigkeit angeben. Ich kehre mich um und sehe die Schwätzerinnen an.

Ich erblicke zwei alte Zigeunerinnen, die nicht sowohl sitzen, als auf den Hacken kauern, im Gesicht gelber als Oliven, mit tiefliegenden stechenden Augen, eingekniffenem Munde, dünner, unförmlicher Nase, die vom Oberkopfe ausgehend sich bis zum Kinn herunterkrümmt, wo sie anstößt; ein weiß und blau gestreiftes Stück Zeug windet sich zwiefach um einen halbkahlen Schädel und fällt als Schärpe die Schultern entlang bis auf die Hüften hernieder, die also nur halb unbekleidet: mit einem Worte, zwei fast eben so empörende als lächerliche Gegenstände.

Ich trete zu ihnen. Sprechen Sie von mir, meine Damen? frage ich, da ich wahrnehme, daß sie mich fortwährend im Auge behielten und sich einander zuwinkten ...

Sie haben uns also gehört, Herr Cavalier?

Ganz gewiß, versetzte ich, wer hat Sie aber so gut von der Stunde meiner Geburt unterrichtet?

Wir hätten Ihnen noch ganz andere Dinge zu sagen, glücklicher junger Mann; aber wir müssen zuvor ein Zeichen in der Hand haben.

Wenn es nur darauf ankommt! erwiedere ich und gebe ihnen auf der Stelle eine Dublone.

Siehst Du, Zoradilla, sprach die älteste, wie nobel er ist, wie er dazu geschaffen, alle die Schätze, die ihm bestimme sind, zu genießen? Geschwind, nimm die Guitarre und begleite mich. Sie singt:

Hispanien hat dich geboren,
Und Parthenope dich ernährt,
Die Erde bleibt dir zugeschworen,
Vom Himmel, was du nur erkohren,
Wird Alles dir als Gunst gewährt.

Es könnte dich dein Glück verlassen,
Es ist so flüchtig, das dir lacht,
Du findest's nicht auf allen Gassen,
Du mußt es unverzagt erfassen,
Wofern du weise bist bedacht.

Was ist das holde Kind der Zweifel,
Das dir zu eigen sich ergab,
Es ist ...

Die Alten waren im Zuge. Ich war ganz Ohr. Biondetta hat den Tanz verlassen, ist herzugeeilt, zieht mich am Arme, zwingt mich, mich zu entfernen. Warum haben Sie mich verlassen, Alvaro? Was thun Sie hier? Ich hörte zu, antwortete ich.

Wie! sprach sie, mich fortziehend, Sie hörten auf die alten Mißgeburten? ...

In der That, meine theure Biondetta, diese Creaturen sind sonderbar, sie wissen mehr als man ihnen zutraut, sie sagten mir …

Ohne Zweifel, versetzte sie höhnisch, trieben sie ihr Handwerk und sagten Ihnen wahr, was Sie eben glauben? Mit allem Ihrem Geiste sind Sie doch so einfältig wie ein Kind. Und so Etwas kann Sie abhalten, sich mit mir zu beschäftigen? …

Im Gegentheil, liebste Biondetta, sie sprachen mit mir von Ihnen.

Von mir! fiel sie mir lebhaft mit einer gewissen Unruhe in's Wort: was wissen sie von mir? Was können sie von mir sagen? Sie faseln. Sie müssen nunmehr den ganzen Abend tanzen, um mich diese Vernachlässigung vergessen zu machen.

Ich folge ihr: ich trete neuerdings in den Kreis, aber ohne darauf zu achten, was um mich her vorgeht, und was ich selbst beginne. Ich dachte nur daran, zu entschlüpfen, um wo irgend möglich wieder zu meinen Wahrsagerinnen zu gelangen. Zuletzt glaube ich den günstigen Moment zu ersehen und ergreife ihn. In einem Augenblicke fliege ich zu meinen Hexen, habe sie wieder gefunden und in eine kleine Laube am Ende des Gemüsegartens der Meierei geführt. Da beschwöre ich sie, mir in Prosa, ohne Räthsel, kurz und bündig zu eröffnen, was sie irgend Wichtiges meinetwegen wissen können. Die Beschwörung war stark, denn ich hatte die Hände voll Gold. Sie brannten vor Begierde zu reden, ich, zu hören. Bald konnte ich nicht länger zweifeln, daß sie von den geheimsten Angelegenheiten meiner Familie unterrichtet seien und auch ins verworrene Kenntniß von meiner Verbindung mit Biondetta, von meinen Befürchtungen und Hoffnungen hatten. Ich meinte schon viele Dinge erfahren zu haben und schmeichelte mir, daß ich noch wichtigere erfahren würde; aber mein Argus ist mir auf den Fersen.

Biondetta läuft nicht, sondern fliegt herzu. Ich wollte reden. Keine Entschuldigungen, spricht sie, der Rückfall ist unverzeihlich …

Ach, Sie vergeben mir ihn schon! sagte ich, des bin ich gewiß. Sie haben mich zwar abgehalten, mich so weit unterrichten zu lassen, als ich es hätte werden können; aber ich weiß nun schon genug …

Um eine Tollheit zu begehen. Ich bin außer mir, aber hier ist keine Zeit dazu, uns zu streiten. Wenn wir auch in dem Falle sind, die Rücksichten gegen uns selbst zu verletzen, so sind wir deren doch unsern Wirthen schuldig. Man wird sich gleich zu Tische setzen und ich nehme meinen Platz an Ihrer Seite: ich mag es nicht mehr dulden, daß Sie mir entrinnen.

Bei der neuen Anordnung des Bankets saßen wir dem jungen Ehepaare gegenüber. Sie waren Beide von den Freuden des Tages aufgeregt. Marcos' Blicke glühten, die Louisen's waren minder scheu: die Schamhaftigkeit rächte sich dafür und bedeckte ihre Wangen mit der brennendsten Röthe. Der Xereswein kreist um die Tafel und scheint bis zu einem gewissen Grade alle Zurückhaltung davon verbannt zu haben. Die Greise selbst leben beim Angedenken ihrer ehemaligen Freuden wieder auf und reizen die Jugend durch nicht sowohl lebhafte als ungestüme Einfälle. Ich hatte die Gemälde vor Augen; aber ein noch weit bewegenderes, mannichfaltigeres neben mir.

Biondetta schien sich abwechselnd der Leidenschaft oder dem Verdrusse zu ergeben, indem sie, den Mund mit der stolzen Anmuth der Verachtung gewappnet, oder von einem süßen Lächeln verschönt, mich bald reizte oder mir grollte, ja, mich bis aufs Blut knipp und mir am Ende leise auf die Füße trat. Mit einem Wort, in dem nämlichen Momente empfing ich eine Gunst, einen Vorwurf, eine Strafe, eine Liebkosung, sodaß ich, solchem Wechsel der Empfindungen preisgegeben, in eine unerhörte Verwirrung gerieth.

Die Brautleute verschwanden: ein Theil der Gäste folgte ihnen aus der und jener Ursache nach. Wir stehen vom Tische auf. Eine Frau, es war, wie wir wußten, die Base des Pächters, nimmt eine gelbe Wachskerze, geht uns voran und führt uns zu einem kleinen Zimmer von zwölf Fuß in's Gevierte, dessen ganzes Geräth aus einem nicht vier Fuß breiten Bette, einem Tische und zwei Stühlen besteht.

Meine gnädige Herrschaft, spricht unsere Führerin zu uns, das ist die einzige Stube, die wir Ihnen geben können. Sie stellt ihre Kerze auf den Tisch und läßt uns allein.

Biondetta schlägt die Augen nieder. Ich wende mich an sie mit der Frage: Sie haben also gesagt, daß wir verheirathet seien?

Ja, entgegnet sie, ich konnte nur die Wahrheit sagen. Ich habe Ihr Wort, Sie das meine. Das ist die Hauptsache. Ihre Ceremonien sind Vorsichtsmaßregeln, die man gegen Untreue getroffen hat, und ich gebe Nichts darauf. Es hing auch gar nicht einmal ganz von mir ab. Wenn Sie übrigens das Bett, das man uns anweist, nicht mit mir theilen wollen, so werden Sie mir die Kränkung anthun, Sie eine unbequeme Nacht zubringen zu sehen. Ich bedarf der Ruhe, ich bin zu müde, ich bin auf alle Weise erschöpft. Indem sie diese Worte mit großer Lebhaftigkeit sprach, streckt sie sich, mit dem Gesichte gegen die Wand, auf das Bett aus.

Wie! rief ich, Biondetta, ich habe Ihnen mißfallen, Sie sind mir im Ernste bös! Wie kann ich meinen Fehler wieder gut machen? Fodern Sie mein Leben.

Alvaro! antwortet sie mir, ohne sich stören zu lassen, gehen Sie und befragen Sie Ihre Zigeunerinnen, durch welche Mittel Sie meinem und Ihrem Herzen die Ruhe wiedergeben wollen!

Was! meine Unterredung mit den Frauen ist die Ursache Ihres Zornes? Ach! Sie würden mir verzeihen, Biondetta, wenn Sie wüßten, wie sehr Das, was sie mir gesagt, mit Ihren eigenen Rathschlägen übereinstimmt, und daß sie mich endlich bestimmt haben, nicht nach dem Schlosse Maravillas zurückzukehren. Ja, es ist entschieden, wir reisen morgen nach Rom, Venedig, Paris, überallhin, wo Sie mit mir wohnen wollen. Wir erwarten dort die Einwilligung meiner Familie …

Auf diese Äußerung wendet sich Biondetta um. Ihr Gesicht war ernsthaft, sogar streng. Erinnern Sie sich, Alvaro, was ich bin, was ich von Ihnen erwartete, was ich Ihnen zu thun anrieth? Was! nachdem ich mit aller Erleuchtung, die mir innen wohnt und die ich mit aller Überlegung aufgeboten, Sie nicht habe bewegen können, verständig zu handeln, soll mein und Ihr Thun und Lassen von den Äußerungen zweier Wesen geleitet werden, die für Sie und mich die allergefährlichsten, wo nicht eben die allerverächtlichsten sind? Ja, gewiß! rief sie mit einem Ausbruche des Schmerzes aus, ich habe die Männer immerdar gefürchtet; ich habe Jahrhunderte lang gezaudert, eine Wahl zu treffen; es ist geschehen, sie ist unwiderruflich. Ich bin sehr unglücklich! Sie brach hier in Thränen aus, deren Anblick sie mir zu entziehen sucht.

Von den heftigsten Leidenschaften bestürmt, sinke ich ihr zu Füßen. O, Biondetta! rief ich aus. Sie sehen mein Herz nicht! Sie würden sonst aufhören, es zu zerreißen.

Sie kennen mich nicht, Alparo, und werden mich unendlich leiden lassen, bevor Sie mich kennen lernen. Ich muß mit einer letzten Anstrengung Ihnen meine Aussichten enthüllen und Ihre Achtung und Ihr Vertrauen mir gewaltsam erringen, damit ich nicht ferner dem ausgesetzt bleibe, es auf eine gleich demüthigende wie gefährliche Weise mit Andern theilen zu müssen. Ihre Hexen sind allzusehr mit mir einverstanden, um mir nicht gerechte Besorgnisse einzuflößen. Wer steht mir dafür, daß nicht Soberano, Bernardillo, Ihre und meine Feinde, hinter diesen Masken verborgen seien? Denken Sie an Venedig. Lassen Sie uns ihren Listen mit Wundern begegnen, die sie von mir nicht erwarten werden. Morgen komme ich nach Maravillas, wovon mich ihre Politik zu entfernen sucht; die erniedrigendsten, kränkendsten Zweifel werden mich da empfangen; aber Donna Mencia ist eine gerechte, schätzbare Frau; Ihr Bruder hat ein edles Herz, ich werde mich ihnen hingeben. Ich werde ein Muster von Sanftmuth, Gefälligkeit, Gehorsam, Geduld sein und allen Prüfungen zuvorkommen. Sie hielt einen Moment inne. Wirft du dich so genugsam demüthigen, unglückselige Sylphide? ruft sie schmerzlich aus: sie will weiter reden; die Überfülle ihrer Thränen verhindert sie daran.

Was wird aus mir bei diesen Zeugnissen ihrer Leidenschaft, diesen Beweisen von Schmerz, diesen von der Weisheit selbst eingegebenen Entschlüssen, diesen Aufwallungen eines Muthes, den ich für heldenmäßig ansah! Ich setzte mich neben sie: ich versuchte, sie durch meine Liebkosungen zu beruhigen, wiewohl ich anfänglich zurückgestoßen werde; bald darauf finde ich zwar keinen Widerstand mehr; aber ich habe keinen Grund, mich dessen zu erfreuen; sie holt schwerer Athem, ihre Augen sind halb geschlossen, ihr Körper ist nur noch krampfhaften Bewegungen unterworfen, eine bedenkliche Kälte hat sich über ihre Haut verbreitet, der Puls schlägt nicht mehr fühlbar, und der Körper würde völlig leblos scheinen, wenn ihre Thränen nicht eben so reichlich fortströmten.

O, Allgewalt der Thränen! Sie sind außer Zweifel das wirksamste Geschoß der Liebe! Mein Mißtrauen, meine Entschlüsse, meine Gelübde, Alles ist vergessen. Indem ich den Quell dieses köstlichen Thaues austrocknen wollte, war ich diesem Munde, auf dem sich die Frische und der süße Duft der Rose vereinigen, allzunah gekommen; und sobald ich mich wieder davon entfernen will, werden mir zwei Arme, deren Weiße, Weichheit und Wohlgestalt sich nicht beschreiben lassen, zu Banden, denen es mir unmöglich fällt, mich zu entwinden …

O, mein Alvaro! ruft Biondetta, ich habe gesiegt: ich bin das glücklichste aller Geschöpfe.

Ich hatte nicht die Kraft zu antworten: ich fühlte mich in einer außerordentlichen Verwirrung: ich will mehr sagen; ich war beschämt, regungslos. Sie warf sich zum Bett heraus: entkleidet mir die Füße. Wie, liebe Biondetta! rufe ich aus, was! Du läßt Dich herab …?

Ach! erwiedert sie, Undankbarer, ich diente Dir, als Du nur noch mein Despot warst: laß mich meinen Geliebten bedienen.

Ich bin in einem Augenblicke aller meiner Sachen entkleidet; meine sorgfältig zusammengefaßten Haare werden in ein Netz geborgen, das sie in ihrer Tasche gefunden hat. Ihre Kraft, ihre Thätigkeit, ihre Gewandtheit haben alle Hindernisse überwunden, die ich ihr entgegenstellen wollte. Sie macht mit derselben Geschwindigkeit ihre kleine Nachttoilette, löscht die Kerze aus, die uns leuchtete und die Vorhänge fallen zu.

Nunmehr spricht sie mit einer Stimme, deren Wohllaut auch die lieblichste Musik nicht zu vergleichen ist: habe ich meinen Alvaro so glücklich gemacht, wie er mich? Nein! noch bin ich allein die Glückliche: aber er wird es werden, ich will es, ich will ihn mit Wonne berauschen; ich will ihn mit Kenntnissen erfüllen, ich will ihn auf den Gipfel aller Größe erheben. Willst Du, mein Herz, willst Du die zumeist bevorrechtete Creatur werden, willst Du Dir mit mir die Menschen, die Elemente, die ganze Natur unterwerfen?

O, meine theure Biondetta! sage ich, wiewohl ich mir dabei ein wenig Gewalt anthue, Du genügst mir: Du befriedigst alle Wünsche meines Herzens …

Nein, nein, versetzt sie lebhaft, Biondetta soll Dir nicht genügen: das ist gar nicht mein Name: Du hattest ihn mir beigelegt: er schmeichelte mir: ich führte ihn mit Freuden; aber Du mußt wissen, wer ich bin … Ich bin der Teufel, mein bester Alvaro, ich bin der Teufel …

Indem sie dieses Wort mit bezaubernd süßem Tone aussprach, verschloß sie auch zugleich meinen Mund jedweder Antwort, die ich ihr hätte geben mögen. Sobald ich das Stillschweigen brechen konnte, sagte ich: höre auf, meine liebe Biondetta, oder wer Du seist, diesen unseligen Namen auszusprechen und mich an einen Irrthum zu mahnen, den ich schon so lange Zeit abgeschworen habe.

Nein, mein lieber Alvaro, nein, es war keineswegs ein Irrthum; ich habe es Dir nur weis gemacht, lieber kleiner Mann. Ich mußte Dich wohl betrügen, um Dich endlich zur Vernunft zu bringen. Eures Gleichen verträgt die Wahrheit nicht: man kann euch nicht anders glücklich machen, als wenn man euch verblendet. Ach! Du sollst höchst glücklich sein, wenn Du es sein willst! Ich will Dich mit Freuden überschütten. Du gestehst schon, daß ich nicht so abschickend schwarz bin, als man mich malt.

Dieser Scherz bracht mich vollends außer Fassung. Ich ging nicht darauf ein, und die Trunkenheit meiner Sinne unterstützte meine freiwillige Zerstreutheit.

Aber so antworte mir doch, sprach sie.

Was soll ich antworten? – …

Undankbarer, lege die Hand auf dies Herz, das Dich anbetet; auf daß das Deine wo möglich, wenn auch nur von der leisesten der Empfindungen bewegt werde, die meines erfüllen. Laß durch Deine Adern nur ein klein wenig des Feuers strömen, das in den meinigen glüht. Mildere, wenn Du es kannst, den Ton dieser Stimme, die so geeignet ist, Liebe einzuflößen und der Du Dich nur zu sehr bedienst, meine schüchterne Seele zu erschrecken: sage endlich zu mir, wenn es Dir möglich fällt, aber ebenso zärtlich, als ich für Dich fühle: mein lieber Beelzebub, ich bete Dich an …!

Bei diesem verhängnißschweren, wiewohl so zärtlich ausgesprochenen Namen ergreift mich tödtliches Entsetzen. Staunen und Bestürzung erdrücken meine Seele: ich würde sie für vernichtet gehalten haben, wenn ich nicht im innersten Herzen den dumpfen Schrei der Reue vernommen hätte. Indessen besteht die Empörung meiner Sinne desto gebieterischer fort, als sie von der Vernunft nicht beseitigt werden kann. Sie gibt mich wehrlos meinem Feinde preis: und er mißbraucht sie, indem er seinen leichten Sieg über mich verfolgt.

Er läßt mir nicht Zelt, zu mir selbst zu kommen und über das Vergehen nachzudenken, in dessen Betreff er vielmehr der Anstifter als Mitschuldige ist. Unser Handel ist geschlossen, sagt er, ohne merklich den Ton der Stimme zu ändern, woran er mich gewöhnt hatte. Du hast mich aufgesucht: ich bin Dir gefolgt, habe Dir gedient, Dich begünstigt, kurz, ich habe gethan, was Du gewollt. Ich wünschte Deinen Besitz und um ihn zu klangen, war es nöthig, daß Du Dich mir freiwillig übergabst. Galiz gewiß verdanke ich Deine erste Gefälligkeit einigen Kunstgriffen; was aber die zweite anlangt, so hatte ich mich genannt: Du wußtest, wem Du Dich ergabst und kannst Deine Unwissenheit nicht vorschützen. Fortan, Alvaro, ist unser Bund unauflöslich; aber um unsere Gemeinschaft desto inniger zu schließen, ist es von Wichtigkeit, daß wir uns besser kennen lernen. Ich kenne Dich zwar schon von innen und außen; also muß ich mich Dir auch zeigen, wie ich bin, damit wir gleiche Vortheile haben.

Man gestattet mir keine Zeit, über diese seltsame Anrede nachzudenken; ich höre neben mir durchdringend pfeifen. Augenblicklich zertheilt sich die Finsterniß, die mich umgibt: der Sims über dem Getäfel des Zimmers ist ganz voll großer Schneckenhäuser, aus denen die Schnecken ihre Hörner rasch im Schwange hin- und herbewegen, und damit phosphorische Lichtstrahlen aussenden, die durch das Ausstrecken und Schaukeln ihren Glanz und ihre Wirkung verdoppeln.

Durch diese plötzliche Erleuchtung fast geblendet, richte ich meine Augen seitwärts, und, was sehe ich, anstatt jenes entzückenden Angesichts? O Himmel! den abscheulichen Kameelkopf. Er spricht mit Donnerstimme deutlich jenes düstere *Che vuoi!,* das mich in der Grotte schon so sehr entsetzt hatte, bricht in ein menschliches, noch weit furchtbareres Gelächter aus, streckt, eine unmäßig große Zunge von sich …

Ich stürze aus dem Bette, verberge mich darunter mit festgeschlossenen Augen, das Gesicht zu Boden gedrückt. Ich fühlte, wie mein Herz mit fürchterlicher Stärke schlug, ich erlitt eine Beängstigung, als ob ich den Athem verlieren sollte.

Ich vermochte die Zeit nicht zu bestimmen, die ich etwa in dieser unaussprechlichen Lage zugebracht hatte, als ich mit erhöhtem Schrecken fühlte, daß ich am Arme gezogen ward. Nichtsdestoweniger gezwungen, die Augen auszuschlagen, erblinde ich an einer gewaltigen Hellung.

Dieselbe ging nicht von den Schnecken aus, deren es keine mehr auf dem Gesimse gab; vielmehr strahlte mir die Sonne senkrecht in's Gesicht. Ich werde abermals am Arme gezogen, wiederholt und stärker ich erkenne Marcos.

Ei! Herr Cavalier, sagt er, wann gedenken Sie denn abzureisen? Wenn Sie heute noch nach Maravillas kommen wollen, haben Sie keine Zeit mehr zu verlieren, es ist fast Mittag.

Ich antwortete nicht: er betrachtet mich: Wie? Sie haben sich völlig angekleidet auf das Bett gelegt, Sie haben so vierzehn Stunden zugebracht, ohne zu erwachen? Da müssen Sie ja gewaltig müde gewesen sein! Ihre Frau Gemahlin hat das wohl gedacht und darum die Nacht bei einer meiner Basen zugebracht, um Ihnen nicht beschwerlich zu fallen; aber sie hat sich besser dazu gehalten als Sie; auf ihr Geheiß ist schon am frühen Morgen an Ihrem Wagen Alles in Stand gesetzt worden, und Sie können ungesäumt einsteigen. Was die gnädige Frau betrifft, die finden Sie nicht mehr hier. Wir haben ihr ein gutes Maulthier geliehen und sie hat den frischen Morgen genießen wollen. Sie ist immer voraus geritten und erwartet Sie im ersten Dorfe, das Sie auf Ihrem Wege berühren.

Marcos geht hinaus. Ich reibe mir unwillkürlich die Augen und greife mit der Hand nach meinem Kopfe, um das Netz zu suchen, worein meine Haare gesteckt worden waren. Er ist unbedeckt, das Haar in Unordnung, mein Zopf noch so, wie er am Abende vorher war, die Bandschleife fest daran.

Schlafe ich noch? Frage ich mich nunmehr. Habe ich geschlafen? Sollte ich so glücklich sein, daß Alles nur ein Traum gewesen? Ich habe sie das Licht auslöschen sehen … Sie hat es ausgelöscht … Da ist es …

Marcos kehrt wieder. Wenn Sie einen Imbiß zu sich nehmen wollen, Herr Cavalier, er ist bereit. Ihr Wagen wird angespannt.

Ich steige aus dem Bette; kaum vermag ich mich aufrecht zu erhalten, meine Knie knicken mit mir zusammen. Ich bin es zufrieden, einige Nahrung zu mir zu nehmen, aber es fällt mir unmöglich. Darauf will ich dem Pächter danken und ihn für die Unkosten entschädigen, die ich ihm verursacht habe; er weigert sich. Etwas anzunehmen.

Die gnädige Frau, entgegnet er, hat uns bezahlt und mehr als großmüthig; wir Beide, gnädiger Herr, haben zwei brave Frauen. Nach dieser Äußerung steige ich, ohne zu antworten, in meine Chaise; und sie fährt ab.

Ich vermöchte nicht, die Verwirrung meiner Gedanken zu beschreiben: sie war so groß, daß die Vorstellung der Gefahr, worin ich meine Mutter antreffen würde, sich darin nur schwach gelten machte. Mit stieren Augen, offenem Munde glich ich mehr einem Automate als einem Menschen.

Mein Führer erweckt mich. Herr Cavalier, in dem Dorfe hier sollen wir die gnädige Frau antreffen. Ich antworte nichts. Wir fahren durch eine Art von Marktflecken. In jedem Hause erkundigt er sich, ob man nicht eine junge Dame in dem und dem Aufzuge hat vorbeikommen sehen. Man gibt ihm zur Antwort: sie habe sich nicht aufgehalten. Er wendet sich um, gleich als wollte er meinem Antlitz meine desfallsige Ungeduld entlesen, und wenn er nicht mehr davon wußte als ich, so mußte ich ihm unruhig genug vorkommen.

Wir hatten das Dorf hinter uns und ich begann mir zu schmeicheln, der Gegenstand meiner Angst werde wenigstens auf einige Zeit von mir abgelassen haben. Ach! wenn ich zu Donna Mencia gelangen, ihr zu Füßen füllen kann, sprach ich zu mir selbst, wenn ich mich in den Schutz meiner verehrungswürdigen Mutter begeben darf, so sollt ihr Trugbilder und Ungeheuer, die ihr mich so erbittert verfolgt, mir diese Zufluchtsstätte nicht verletzen. Ich werde mit den natürlichen Gefühlen die heilbringenden gesunden Grundsätze wiederfinden, von denen ich mich entfernt hatte, und mir daraus ein Bollwerk gegen euch aufrichten. Aber wenn der Gram über meine Ausschweifungen mich dieses Schutzengels beraubt haben … Ach! dann will ich nur darum weiter leben, ihn an mir selbst zu rächen. Ich will mich in ein Kloster begraben … Und wer wird mich dort vor meinen eigenen Hirngespinnsten sichern? Ich will mich dem geistlichen Stande widmen. Du reizendes Geschlecht, ich muß auf dich verzichten, eine höllische Larve hat sich mit all der Anmuth bekleidet, die ich vergötterte: das Rührendste, was ich in dir erblicken könnte, würde mir das Angedenken …

Über diesen Betrachtungen, die meine ganze Aufmerksamkeit in Anspruch nahmen, ist der Wagen in den großen Schloßhof eingefahren. Ich vernehme eine Stimme: Das ist Alvaro! das ist mein Sohn! Ich erhebe den Blick und erkenne meine Mutter auf dem Altane ihres Zimmers.

Nichts ist der Süßigkeit und Lebhaftigkeit Dessen zu vergleichen, was ich jetzt empfinde. Meine Seele scheint neu geboren zu werden, meine Kräfte kehren mit einem Male alle wieder. Ich springe aus dem Wagen, fliege in die Arme, die meiner warten. Ich werfe mich vor ihr nieder. Ach! rufe ich, die Augen in Thränen gebadet, die Stimme von Schluchzen unterbrochen, aus: Ach, meine Mutter! meine Mutter! ich bin also doch nicht Ihr Mörder? Erkennen Sie mich noch für Ihren Sohn an? Ach, meine Mutter! Sie umarmen mich …

Die Leidenschaft, die mich hinreißt, die Heftigkeit meines Wesens haben meine Züge und den Ton meiner Stimme dermaßen verstört, daß Donna Mencia darüber beunruhigt wird. Sie hebt mich gütig empor, umarmt mich von Neuem, nöthigt mich, niederzusitzen. Ich wollte reden, es war mir unmöglich, ich warf mich über ihre Hände, die ich in Thränen badete, und mit den innigsten Liebkosungen überschüttete.

Donna Mencia sieht mich mit Verwunderung an: sie vermuthet, es müsse mir etwas Außerordentliches begegnet sein, sie besorgt sogar irgend eine Störung meiner Vernunft. Derweil ihre Unruhe, ihre Neugierde, ihr Wohlwollen, ihre Zärtlichkeit in ihren Geberden und Blicken sich aussprachen, hat ihre Vorsicht Alles zur Hand schaffen lassen, was man nur von einer langen mühsamen Reise erschöpft und ausruhend, bedürfen kann.

Die Dienerschaft beeifert sich, mir aufzuwarten. Ich führe aus Gefälligkeit Etwas zu meinen Lippen: meine unstäten Blicke suchen meinen Bruder, bestürzt, ihn nicht zu sehen, frage ich: Mutter, wo ist der edle Don Juan? …

Er wird sich freuen, wenn er hört, daß Du hier bist, da er Dir geschrieben hat, Du mögest herkommen. Da aber seine Briefe aus Madrid nur erst seit einigen Tagen unterwegs sein können, erwarteten wir Dich nicht sobald. Du bist Oberst seines Regiments, und der König hat ihm kürzlich ein Vicekönigthum in Indien zuertheilt.

Himmel! rief ich aus. Also wäre Alles in dem gräßlichen Traume falsch, der mich gequält hat? Allein es ist unmöglich …

Von was für einem Traume sprichst Du, Alvaro? …

Von dem allerlängsten, erstaunenswerthesten, entsetzlichsten, den man träumen kann. Und hierauf überwinde ich meinen Stolz und meine Scham, und erzähle ihr genau Alles, was mir von meinem Eintritte in die Grotte von Portici an bis zu dem beglückenden Augenblicke begegnet war, wo ich ihre Knie hatte umfassen dürfen.

Die ehrwürdige Frau hört mir mit einer ungemeinen Aufmerksamkeit, Geduld und Güte zu. Da ich den ganzen Umfang meines Vergehens kannte, so sah sie wohl, daß es unnöthig war, es etwa noch gegen mich zu vergrößern.

Mein lieber Sohn! Du bist den Lügen nachgerannt und bis zu dieser Stunde von ihnen umgarnt gewesen. Das nimm aus jener Nachricht von meiner Krankheit und von dem Zorne Deines ältern Bruders ab. Bertha, mit der Du meinst gesprochen zu haben, ist seit einiger Zeit bettlägerig. Ich dachte nicht daran, Dir irgend zweihundert Zechinen über Deinen Zuschuß zu senden. Ich würde gefürchtet haben, entweder Deinen Ausschweifungen Vorschub zu leisten, oder Dich durch eine übelangebrachte Freigebigkeit nur zu neuen zu veranlassen. Der würdige Escudero Pimientos ist seit acht Monaten todt. Und von den achtzehnhundert Kirchspielen etwa, die der Herzog von Medina Sidonia in Spanien besitzt, liegt kein Fingerbreit Erde an dem Orte, den Du bezeichnest: ich kenne die Gegend ganz genau, und Du hast die Meierei und ihre Bewohner sicherlich nur erträumt.

Aber gnädige Frau Mutter! versetzte ich, der Maulthiertreiber, der mich hergebracht, hat Alles so gut wie ich gesehen. Er hat mit auf der Hochzeit getanzt.

Meine Mutter befiehlt, man solle den Maulthiertreiber herbeibringen; aber er hatte gleich bei seiner Ankunft ausgespannt, ohne Lohn zu fodern.

Diese eilige, spurlose Flucht kam meiner Mutter verdächtig vor. Nuñes, sprach sie zu einem Pagen, der durch das Zimmer ging, geht zu dem ehrwürdigen Don Quebracuernos und sagt ihm, mein Sohn Alvaro und ich erwarteten ihn hier.

Das ist ein Doctor aus Salamanca, fuhr sie fort, dessen Verdienste ihm mein Vertrauen erworben haben: Du kannst ihm auch das Deinige schenken. Es ist am Ende Deines Traumes ein Umstand, der mich in Verlegenheit setzt. Don Quebracuernos versteht sich auf solche Dinge und wird besser als ich wissen, was davon zu halten ist.

Seine Ehrwürden ließ nicht auf sich warten. Er imponirte noch bevor er sprach, schon durch seine ernste Würde. Meine Mutter ließ mich in seiner Gegenwart das aufrichtige Geständniß meiner Unbesonnenheit und ihrer Folgen wiederholen. Er hörte mir aufmerksam und verwundert zu, ohne mich zu unterbrechen. Als ich geendet und er sich ein wenig gesammelt hatte, nahm er folgendermaßen das Wort:

Es ist außer Zweifel, gnädiger Herr Don Alvaro, daß Sie einer so großen Gefahr entgangen sind, als ein Mensch nur irgend durch seine Schuld bestechen kann. Sie haben den bösen Geist herausgefodert, und ihm durch eine Folge von Unklugheiten all die Kunstgriffe selbst an die Hand gegeben, die er bedurfte, um Sie mit Erfolg zu bethören und Sie zu verderben. Ihr Abenteuer ist sehr außerordentlich. Ich habe nichts dem Ähnliches weder in der Dämonomanie von Bodin, noch in der bezauberten Welt von Becker gelesen, und man muß gestehen, daß, seitdem diese großen Männer geschrieben haben, unser Feind unendlich schlauer in seiner Art und Weise geworden ist, seine Angriffe zu bewerkstelligen und von den Schlingen Nutzen zu ziehen, die die Weltmenschen einander legen, um sich zu Falle zu bringen. Er ahmt der Natur getreulich und mit Überlegung nach, er bedient sich der Vortheile geselliger Talente, gibt geschmackvolle Feste, weiß die Leidenschaften ihre verlockendste Sprache reden zu lassen, er äfft sogar bis zu einem gewissen Grade der

Tugend nach. Dadurch werden mir über vielerlei Dinge, die vorgehen, die Augen geöffnet; ich erblicke von hier aus viele Grotten, die gefährlicher sind, als jene von Portici, und eine Menge Besessener, die unglücklicherweise gar nicht ahnen, daß sie es sind. Was Sie betrifft, so glaube ich, daß, wenn Sie für die Gegenwart und Zukunft weise Vorkehrungen treffen, Sie von ihm gänzlich befreit sind. Ihr Feind hat sich zurückgezogen, das ist offenbar. Er hat Sie verführt, es ist wahr, aber es ist ihm nicht gelungen, Sie zu verderben. Ihr Wille und Ihr Gewissen haben Sie unter dem außerordentlichen Beistande, der Ihnen zu Theil wurde, davor behütet. Also war sein vermeintlicher Sieg und Ihre Niederlage für Sie und ihn nur eine Illusion, von der Ihre Reue Sie vollends reinigen wird. Er hat nichts davon getragen als einen gezwungenen Rückzug. Aber bewundern Sie, wie er ihn hat zu verdecken und noch fliehend in Ihrem Geiste Verwirrung, in Ihrem Herzen ein Einverständniß zurückzulassen gewußt, vermöge dessen er seinen Angriff erneuern kann, sobald Sie ihm die Gelegenheit dazu leihen. Nachdem er Sie bethört, so sehr Sie es nur haben sein wollen, und sich gezwungen gesehen hat, sich in seiner ganzen Ungestalt zu zeigen, unterwirft er sich als Sclave, der Empörung sinnt. Er will Ihnen keinen einzigen vernünftigen und bestimmten Gedanken lassen und vermengt das Groteske mit dem Schrecklichen, das Kindische seiner leuchtenden Schnecken mit der scheußlichen Erscheinung seines mißgeschaffenen Kopfes; kurz, die Lüge mit der Wahrheit, Wachen mit Schlaf. Dergestalt, daß Ihr verwirrter Geist nichts klar unterscheidet und daß Sie dafür halten könnten, die Vision, die Sie betroffen, sei weniger die Wirkung seiner Tücke als ein von den Dünsten Ihres Hirns erzeugter Traum gewesen. So hat er auch sorgfältig die Vorstellung des holdseligen Gespinnstes, dessen er sich lange bedient. Sie zu verirren, isolirt, und wird sie Ihnen wieder näher bringen, sobald Sie es ihm möglich machen. Ich glaube indessen nicht, daß die Schranke des Klosters oder unseres Standes diejenige sei, hinter welcher Sie sich vor ihm zu bergen haben. Ihr Beruf dazu ist durchaus nicht genugsam entschieden und durch eigene Erfahrung gewitzigte Leute sind in der Welt von nöthen. Glauben Sie mir, gehen Sie eine gesetzliche Verbindung mit einer Person des andern Geschlechts ein und lassen Sie Ihre desfallsige Wahl von Ihrer ehrwürdigen Mutter leiten, so werden Sie niemals in Versuchung kommen, wofern Diejenige, die Sie aus deren Hand empfangen, irgend himmlische Eigenschaften und Reize besitzt, sie für den Teufel zu halten.

Printed in Poland
by Amazon Fulfillment
Poland Sp. z o.o., Wrocław

42173055R00034